KB116460

어린 왕자

나는 그가 철새들의 이동을 이용해서 자기 별을 빠져나왔으리라 생각한다

어린 왕자

앙투안 드 생텍쥐페리 지음

황현산 옮김

열린책들

LE PETIT PRINCE
by ANTOINE DE SAINT-EXUPÉRY (1943)

이 책은 실로 꿰매어 제본하는 정통적인 사철 방식으로 만들어졌습니다.
사철 방식으로 제본된 책은 오랫동안 보관해도 손상되지 않습니다.

레옹 베르트에게

　나는 이 책을 어른에게 바친 데 대해 어린이들에게 용서를 빈다. 나에게는 그럴 만한 사정이 하나 있다. 내가 이 세상에서 사귄 가장 훌륭한 친구가 바로 이 어른이라는 점이다. 또 다른 사정이 있다. 이 어른은 모든 것을, 어린이들을 위해 쓴 책까지도 이해할 줄 안다는 것이다. 세 번째 사정이 있다. 이 어른은 지금 프랑스에서 살고 있는데, 거기서 굶주리며 추위에 떨고 있다. 그를 위로해 주어야 한다. 이 모든 사정으로도 부족하다면, 지금은 이 어른이 되어 있는 예전의 어린아이에게 이 책을 바치고 싶다. 어른들도 처음엔 다 어린이였다. (그러나 그걸 기억하는 어른들은 별로 없다.) 그래서 나는 헌사를 이렇게 고친다.

어린이였을 때의 레옹 베르트에게

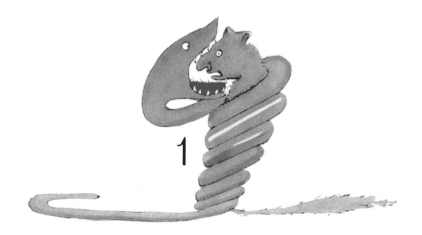

내 나이 여섯 살 적에, 한번은 『체험담』이라고 부르는 원시림에 관한 책에서 멋진 그림 하나를 보았다. 보아뱀 한 마리가 맹수를 삼키고 있는 그림이었다. 그걸 옮겨 놓은 그림이 위에 있다.

그 책에 이런 말이 있었다. 〈보아뱀은 먹이를 씹지 않고 통째로 삼킨다. 그러고 나면 몸을 움직일 수가 없어 먹이가 소화될 때까지 여섯 달 동안 잠을 잔다.〉

나는 그 그림을 보고 나서 밀림의 가지가지 모험들을 곰곰이 생각해 보았으며, 드디어는 나도 색연필을 들고 나의 첫 그림을 용케 그려 내었다. 나의 그림 제1호, 그건 다음과 같았다.

나는 내 걸작을 어른들에게 보여 주며 내 그림이 무섭지 않으냐고 물어보았다.

어른들은 대답했다. 「아니, 모자가 왜 무서워?」

내 그림은 모자를 그린 게 아니라 코끼리를 소화시키고 있는 보아뱀을 그린 것이었다. 그래서 나는 어른들이 알아볼 수 있도록 보아뱀의 속을 그렸다. 어른들에겐 항상 설명을 해줘야만 한다. 내 그림 제2호는 아래와 같았다.

어른들은 나에게 속이 보이는 보아뱀이나 안 보이는 보아뱀의 그림 따위는 집어치우고, 차라리 지리나 역사, 산수, 문법에 재미를 붙여 보라고 충고했다. 나는 이렇게 해서 내 나이 여섯 살 때 화가라는 멋있는 직업을 포기했다. 나는 내 그림 제1호와 제2호의 실패로 그만 기가 죽었던 것이다. 어른들은 자기들 혼자서는 아무것도 이해하지 못하고, 그렇다고 그때마다 자꾸자꾸 설명을 해주자니 어린애에겐 힘겨운 일이다.

그래서 나는 다른 직업을 골라야 했고, 비행기 조종을 배웠다. 나는 세계의 여기저기 제법 많은 곳을 날아다녔다. 그리고 지리는 정말 내게 많은 도움이 되었다. 그 덕분에 나는 눈길 한 번에 중국과 애리조나를 구별할 수 있었다. 밤의 어둠 속에서 길을 잃었다면, 그게 아주 유익하다.

나는 이렇게 살아오는 동안 수많은 진지한 사람들과 수많은 접촉을 했다. 오랫동안 어른들과 함께 살며 그들을 아주 가까이서 보아 왔다. 그렇다고 해서 그들에 대한 내 의견이 크게 달라지지는 않았다.

나는 좀 똑똑해 보이는 사람을 만날 때마다, 항상 품고 다니던 내 그림 제1호를 꺼내 그를 시험해 보곤 했다. 그가 정말 이해력이 있는 사람인가 알고 싶었던 것이다. 그러나 늘 이런 대답이었다. 「모자로구먼.」 그러면 나는 보아뱀 이야기도 원시림 이야기도 별 이야기도 꺼내지 않았다. 나는 그가 알아들을 수 있도록, 트럼프 이야기, 골프 이야기, 정치 이야기, 넥타이 이야기를 했다. 그러면 그 어른은 그만큼 분별 있는 사람을 하나 알게 되었다고 아주 흐뭇해하는 것이었다.

2

　나는 이렇게 진심을 털어놓고 이야기할 사람도 없이 혼자 살아오던 끝에, 여섯 해 전, 사하라 사막에서 비행기 사고를 만났다. 모터에서 무언가가 부서진 것이다. 기관사도 승객도 없었던 터라 나는 그 어려운 수리를 혼자서 감당해 볼 작정이었다. 나로서는 죽느냐 사느냐 하는 문제였다. 겨우 일주일 동안 마실 물밖에 없었다.

　첫날 저녁, 나는 사람이 사는 곳에서 사방으로 수만 리나 떨어진 사막 위에 누워 잠이 들었다. 넓은 바다 한가운데서 뗏목을 타고 흘러가는 난파선의 뱃사람보다도 훨씬 더 외로운 처지였다. 그러니 해 뜰 무렵 이상한 작은 목소리가 나를 불러 깨웠을 때, 내가 얼마나 놀랐겠는가. 그 목소리는 말했다.

　「저…… 양 한 마리만 그려 줘!」

　「뭐?」

　「양 한 마리만 그려 줘…….」

　나는 벼락이라도 맞은 듯 벌떡 일어섰다. 나는 눈을 비비고 주위

이 그림은 내가 훗날 그를 모델로 그린 그림 중에서 가장 훌륭한 것이다

를 잘 살펴보았다. 아주 신기한 꼬마 아이가 엄숙하게 나를 바라보고 있었다. 여기 그의 초상화가 있다. 이 그림은 내가 훗날 그를 모델로 그려 낸 그림 중에서 가장 훌륭한 것이다. 그러나 내 그림이 그 모델만큼 멋이 있으려면 아직 멀었다. 그러나 그건 내 잘못이 아니다. 나는 내 나이 여섯 살 적에 어른들 때문에 기가 죽어 화가의 길을 포기했고, 기껏해야 속이 보이는 보아뱀과 보이지 않는 보아뱀을 그린 것밖에는 달리 그림 공부를 해본 적이 없지 않은가.

아무튼 나는 놀란 눈을 휘둥그레 뜨고 홀연히 나타난 그 모습을 바라보았다. 사람이 사는 곳에서 사방으로 수만 리나 떨어진 곳이 아닌가. 그런데 내가 본 이 아이는 길을 잃은 것 같지도 않았고, 피곤이나 굶주림이나 목마름에 시달려 녹초가 된 것 같지도, 겁에 질려 있는 것 같지도 않았다. 사람이 사는 곳에서 사방으로 수만 리나 떨어진 사막 한가운데서 길을 잃은 어린아이의 모습이 전혀 아니었다. 나는 마침내 입을 열 수 있게 되자, 겨우 이렇게 말했다.

「그런데…… 넌 거기서 뭘 하고 있니?」

그러나 그 애는 무슨 중대한 일이나 되는 것처럼 아주 나직하게 같은 말을 되풀이했다.

「저기…… 양 한 마리만 그려 줘…….」

터무니없는 일이라도 너무 강렬한 느낌을 받으면 감히 거역하지 못하는 법이다. 그래서 사람들이 사는 곳에서 사방으로 수만 리나 떨어진 데서 죽음이 눈앞에 어른거리는 판에 정말 멍청한 짓을 한다고 생각을 하면서도, 나는 주머니에서 종이와 만년필을 꺼냈다. 하

지만 나는 그때 내가 특별히 공부한 것이라고는 고작 지리와 역사
와 산수와 문법이라는 생각이 나서, (좀 언짢은 기분으로) 그 꼬마
아이에게 그림을 그릴 줄 모른다고 말했다. 그가 나에게 대답했다.

「괜찮아. 양 한 마리만 그려 줘.」

나는 한 번도 양을 그려 본 적이 없기 때문에, 내가 오직 그릴 수
있는 두 가지 그림 중에서 하나를 그에게 다시 그려 주었다. 속이 보
이지 않는 보아뱀의 그림을. 그런데 놀랍게도 그 꼬마 아이는 이렇
게 대답하는 것이었다.

「아냐, 아냐! 난 보아뱀의 배 속에 있는 코끼리는 싫어. 보아뱀은
아주 위험하고, 코끼리는 아주 거추장스러워. 내가 사는 데는 아주
작아서. 나는 양을 갖고 싶어. 양 한 마리만 그려 줘.」

그래서 나는 이 양을 그렸다.

그는 조심스럽게 살펴보더니 말했다.

「아냐! 이건 벌써 몹시 병들었는걸. 다른
걸로 하나 그려 줘.」

나는 이 그림을 그렸다.

내 친구는 얌전하게 미소 짓더니, 너그럽게 말했다.

「아이참…… 이게 아니야. 이건 숫
양이야. 뿔이 돋고…….」

그래서 나는 이 그림을 그렸다.

그러나 이것 역시 앞의 그림들처럼 퇴짜를
맞았다.

「이건 너무 늙었어. 나는 오래 살 수 있는 양이 필요해.」

그때 나는 모터를 분해할 일이 우선 급해, 참지 못하고 아무렇게나 쓱 그어 댔는데, 그게 이 그림이었다.

그러고는 던져 주며 말했다.

「이건 상자야. 네가 갖고 싶어 하는 양은 그 안에 들어 있어.」

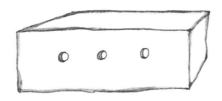

그런데 놀랍게도 이 어린 심판관의 얼굴이 환하게 밝아지는 게 아닌가.

「내가 원한 건 바로 이거야! 이 양을 먹이려면 풀이 많이 있어야 할까?」

「그게 걱정이야?」

「내가 사는 데는 아주 작아서…….」

「아마도 충분할 거야. 내가 그려 준 건 아주 조그만 양이거든.」

그는 고개를 숙이고 그림을 들여다보았다.

「그렇게 작지도 않은데…… 이것 봐! 잠이 들었어…….」

나는 이렇게 해서 어린 왕자를 알게 되었다.

3

그가 어디서 왔는지를 아는 데는 오랜 시간이 걸렸다. 어린 왕자
는 내게 여러 가지 질문을 하면서도 내 질문은 전혀 귀담아듣는 것
같지 않았다. 어쩌다 우연히 흘러나온 말들을 듣고 나는 차츰
차츰 모든 것을 알게 되었다. 가령, 그가 처음으로
내 비행기(내 비행기는 그리지 않겠다. 내가
그리기엔 너무나도 복잡한 그림이라서)를
보았을 때, 그는 나한테 이렇게 물었다.

「이 물건은 뭐야?」

「이건 물건이 아니야. 이건 날아다니는
거야. 비행기야. 내 비행기.」

나는 내가 날아다닌다는 걸 그에게
알려 주는 것이 자랑스러웠다. 그러자
그는 큰 소리로 외쳤다.

「아니! 아저씨가 하늘에서 떨어졌어?」

「그래.」 나는 겸손하게 대답했다.

「아! 그것 참 신기하다……」

그러곤 어린 왕자가 아주 귀엽게 웃음을 터뜨렸는데, 그 때문에 나는 몹시 화가 났다. 내 불행이 심각하게 여겨지길 나는 바라는 것이다. 이어서 그는 덧붙였다.

「그럼 아저씨도 하늘에서 왔구나! 어느 별에서 왔어?」

나는 그 말을 듣자마자, 그가 어디서 나타났는지 그 수수께끼를 푸는 데에 한 줄기 가느다란 빛이 비치는 것 같아서 불쑥 이렇게 물어보았다.

「그럼 넌 다른 별에서 왔구나?」

그러나 그는 대답하지 않았다. 내 비행기를 바라보며 그는 가만히 고개를 끄덕였다.

「그렇겠지. 저걸 타고서야 그렇게 먼 곳에서 올 수는 없지……」

그리고 그는 오랫동안 생각에 잠겨 들었다. 이윽고 그는 호주머니에서 양을 꺼내 들고 그 보물을 골똘히 들여다보았다.

슬쩍 내비치다 그만둔 〈다른 별들〉 이야기에 내가 얼마나 안달이 났을지 여러분들도 짐작이 갈 것이다. 그래서 나는 좀 더 깊이 알아보려고 애를 썼다.

「얘야, 넌 어디서 왔니? 〈네가 사는 곳〉이란 데가 어디니? 내 양을 어디로 데려가려는 거니?」

그는 생각에 잠겨 한동안 말이 없더니 이렇게 대답했다.

소행성 B612에 서 있는 어린 왕자

「잘됐어, 아저씨가 준 상자 말이야, 밤이면 양의 집이 될 수도 있겠는데.」

「물론이지. 그리고 네가 얌전히 굴면, 낮에 양을 매어 둘 수 있도록 고삐도 하나 줄게. 말뚝도 주고.」

내 제안에 어린 왕자는 충격을 받은 것 같았다.

「매어 둬? 참 괴상한 생각이다!」

「그렇지만 매어 두지 않으면 아무 데나 돌아다니다가 길을 잃을 거야.」

그 말에 내 친구는 다시 한 번 웃음을 터뜨렸다.

「아니, 가긴 어디로 간다는 거야?」

「어디든지, 앞으로 곧장…….」

그러자 어린 왕자가 엄숙하게 말했다.

「괜찮아, 내가 사는 데는 아주 작은데, 뭐!」

그러고는 어딘지 좀 우울한 목소리로 덧붙였다.

「앞으로 곧장 가봐야 별로 멀리 갈 수도 없어…….」

4

나는 이렇게 해서 아주 중요한 두 번째 사실을 알게 되었다. 어린 왕자가 태어난 별이 겨우 집 한 채보다 클까 말까 하다는 것이다!

그게 나한테는 별로 놀라운 일이 아니었다. 지구, 목성, 화성, 금성, 이렇게 이름이 붙은 큰 행성들 밖에도, 때로는 망원경으로도 잘 보이지 않을 만큼 아주 작은 다른 별들이 수백 개도 더 있다는 것을 나는 알고 있었다. 천문학자가 이런 별을 하나 발견하면 이름 대신 번호를 붙여 준다. 예를 들어 〈소행성 325〉라고 부른다.

나는 어린 왕자가 떠나온 별이 소행성 B612라고 믿을 만한 중요한 이유가 있다. 이 소행성은 1909년 어느 터키 천문학자의 망원경에 단 한 번

보인 적이 있었다.

그때 이 천문학자는 국제 천문학회에서 자신의 발견에 대해 길게 논증했다. 그러나 그가 입은 옷 때문에 아무도 그의 말을 믿지 않았다. 어른들은 이렇다.

소행성 B612의 명성을 위해서는 참으로 다행스럽게도, 터키의 한 독재자가 자기 백성들에게 유럽식으로 옷을 입지 않으면 사형에 처한다고 명령을 내렸다. 그 천문학자는 1920년에 아주 우아한 양복을 입고 논증을 다시 했다. 이번에는 모두 그의 의견을 받아들였다.

내가 소행성 B612에 관해 이런 세세한 이야기를 늘어놓고 그 번호까지 밝히는 것은 모두 어른들 때문이다. 어른들은 숫자를 좋아한다. 여러분들이 새로운 친구를 사귀었다고 어른들에게 말하면, 어른들은 도무지 가장 중요한 것은 물어보지 않는다. 〈그 애의 목소리는 어떠니? 그 애는 무슨 놀이를 좋아하니? 그 애도 나비를 채집하니?〉 절대로 이렇게 묻는 법이 없다. 〈그 앤 나이가 몇이지? 형제들은 몇이나 되고? 몸무게는 얼마지? 그 애 아버지는 얼

마나 버니?〉 항상 이렇게 묻는다. 이렇게 묻고 나서야 어른들은 그 친구를 속속들이 알고 있다고 생각한다. 만일 여러분들이 〈나는 아주 아름다운 장밋빛 벽돌집을 보았는데요, 창문에 제라늄이 있고, 지붕 위에 비둘기가 있고……〉 이런 식으로 어른들에게 말한다면, 어른들은 그 집을 상상해 내지 못할 것이다. 어른들에겐 이렇게 말해야 한다. 〈나는 10만 프랑짜리 집을 보았어요.〉 비로소 그들은 소리친다. 〈정말 예쁜 집이겠구나!〉

그러니 여러분들이 〈어린 왕자가 있었다는 증거는 그 애가 정말 멋진 아이였다는 것이고, 그 애가 웃었다는 것이고, 그 애가 양을 갖고 싶어 했다는 것이다. 누군가가 양을 갖고 싶어 한다면, 그것은 그 사람이 살아 있다는 증거다〉라고 어른들에게 말한다면, 그들은 어깨를 으쓱하며 여러분들을 어린아이로 취급할 것이다! 그러나 〈그는 소행성 B612로부터 왔다〉라고 말하면 어른들은 곧 알아듣고, 질문 따위를 늘어놓아 여러분들을 귀찮게 하지 않을 것이다. 어른들은 이렇다. 그들을 탓해서는 안 된다. 어린이들은 어른들에게 아주 너그러워야 한다.

그러나 물론 삶을 이해하고 있는 우리들한테는 숫자 같은 것이야 우습다. 나는 이 이야기를 선녀 이야기 식으로 시작하고 싶었다. 이렇게 이야기했더라면 좋았을 텐데.

〈옛날 옛적, 한 어린 왕자가 자기보다 조금 클까 말까 한 별에 살고 있었는데, 그는 친구가 갖고 싶어서……〉 삶을 이해하는 사람들의 눈에는 이런 식의 이야기가 훨씬 더 진실하게 보였을 것이다.

사람들이 내 책을 가볍게 읽어 버리는 것이 싫어서 하는 말이다. 이제 그 추억을 이야기하려니 그만큼 슬프기도 하다. 내 친구가 양을 가지고 떠난 지도 어언 6년이 되었다. 내가 여기에다 그의 모습을 그리려고 애를 쓰는 것은 그 애를 잊어버리지 않기 위해서다. 친구를 잊어버린다는 것은 슬픈 일이다. 누구에게나 다 친구가 있었던 것은 아니다. 그리고 나도 숫자밖에는 관심이 없는 어른들처럼 되어 버릴지 모른다. 내가 이제 다시 그림물감 한 갑과 연필 몇 자루를 사온 것도 이 때문이다. 이 나이에 다시 그림을 시작한다는 것은 힘든 일이다. 여섯 살 적에 속이 보이는 보아뱀과 속이 보이지 않는 보아뱀을 그려 본 것밖에 달리 그려 본 것이 없는 처지에! 물론 힘이 닿는 한 그의 모습과 가장 많이 닮은 초상화를 그리려고 노력은 하겠지만, 성공할 수 있을는지 정말 자신이 없다. 어떤 그림은 그런대로 괜찮지만 어떤 그림은 영 딴판이다. 키를 어림잡는 데도 좀 서투르다. 이쪽 어린 왕자는 너무 크고 저쪽은 너무 작다. 옷 색깔을 놓고도 역시 망설여진다. 그래서 나는 되든 안 되든 이렇게도 저렇게도 더듬거려 본다. 필경은 아주 중요한 부분에 가서 잘못을 저지를 것만 같다. 그래도 나를 용서해 주어야 한다. 내 친구는 아무런 설명도 해주지 않았다. 어쩌면 내가 자기와 같으리라고 생각했던가 보다. 그러나 불행하게도 나는 상자를 꿰뚫고 그 속에 있는 양을 볼 줄 모른다. 어쩌면 나도 얼마큼은 어른들처럼 되어 버린 것은 아닌지. 아마도 늙어 버렸나 보다.

5

나는 날마다 그의 별이라든지, 그 별을 떠나온 이야기라든지, 그의 여행이라든지 하는 것들에 대해 얼마큼씩 알게 되었다. 그 일은 아주 천천히, 이 생각 저 생각을 따라가며 진행되었다. 사흘째 되는 날, 내가 바오바브나무의 비극을 알게 된 것도 이런 식이었다.

이번에도 역시 양 덕분이었는데, 어린 왕자가 무슨 대단한 의문에라도 사로잡힌 듯 불쑥 이런 질문을 했다.

「양들이 작은 떨기나무를 먹는다는 게 정말이야?」

「그럼, 정말이야.」

「아! 그럼 됐네!」

양이 작은 떨기나무를 먹는다는 게 왜 그렇게 중요한 일인지 나는 알 수가 없었다. 그러나 어린 왕자는 덧붙였다.

「그러면 양들은 바오바브나무도 먹겠네?」

나는 어린 왕자에게, 바오바브나무는 작은 떨기나무가 아니라 교회당만큼 커다란 나무이며, 코끼리 한 부대를 몰고 간다 해도 바오

23

바브나무 하나를 해치우기 힘들 것이라고 일러 주었다.

코끼리 한 부대라는 말에 어린 왕자는 웃었다.

「그럼 코끼리 등에다 코끼리를 포개 놓아야겠네……」

그러나 그는 슬기롭게 꼬집어 냈다.

「바오바브나무도 크기 전에는 작은 데서부터 시작해요.」

「옳은 말이야! 그런데 어린 양이 왜 어린 바오바브나무를 먹어야 하지?」

그는 내가 다 아는 것을 묻고 있다는 듯이 대답했다. 「아이참! 그거야!」 그런데 나는 이 문제를 혼자 푸느라고 머리를 쥐어짜야 했다.

사실은 이런 것이었다. 어린 왕자의 별에는 여느 별에나 그렇듯이 좋은 풀과 나쁜 풀이 있었다. 따라서 좋은 풀의 좋은 씨앗, 나쁜 풀의 나쁜 씨앗이 있었다. 그러나 씨앗들은 보이지 않는다. 씨앗들은 땅속에 숨어 잠을 자고 있다가, 그중 하나에게 문득 깨어나고 싶다는 생각이 든다. 그러면 그 씨앗은 기지개를 켜고, 태양을 향해 처음엔 머뭇거리면서 그 아름답고 연약한 새싹을 내민다. 무나 장미나무의 어린 싹이면 마음껏 자라도록 내버려 두어도 괜찮다. 그러나 나쁜 식물의 싹이면 그걸 알아차리자마자 뽑아 버려야 한다. 그런데 어린 왕자의 별에는 무서운 씨앗

이 있었으니…… 바로 바오바브나무의 씨앗이었다. 그 별의 흙에는
바오바브나무의 씨앗이 들끓었다. 그런데 바오바브나무는 너무 늦
게 손을 쓰면 그땐 영영 처치할 수 없게 된다. 나무가 온 별을 다 차
지하고, 그 뿌리로 별 깊숙이 구멍을 뚫는다. 게다가 별은 너무 작은
데 바오바브나무가 너무 많으면 별은 터져 버린다.

　「그건 규율의 문제야.」 어린 왕자가 나중에 이런 말을 했다. 「아침
세수가 끝나면 별도 조심스럽게 세수를 시켜야 해. 바오바브나무가

아주 어릴 때는 장미나무와 비슷한데, 구별할 수 있게 되면 그때부터 규칙적으로 뽑아 버려야 해. 아주 귀찮은 일이지만 아주 쉬운 일이야.」

그리고 하루는 나에게 아름다운 그림 한 장을 그려서, 우리 땅에 사는 어린이들 머릿속에 그걸 새겨 넣게 하라고 권했다.「어느 날 그 애들이 여행을 하게 되면 그게 도움이 될 거야. 이따금 할 일을 뒤로 미뤄 두었다고 해서 별걱정은 없겠지만, 그러나 바오바브나무의 경우라면 반드시 큰 난리가 일어나고 말아. 난 게으름뱅이가 살고 있는 별 하나를 아는데, 작은 나무 세 그루를 소홀히 한 게 그만⋯⋯.」

그래서 나는 어린 왕자의 지시에 따라 그 게으름뱅이의 별을 그렸다. 나는 도덕 선생 같은 말투를 별로 좋아하지 않는다. 그러나 바오바브나무의 위험을 사람들이 너무 모르고 있고, 길을 잃어 소행성에 들어가게 된 사람이 있다면 너무 큰 위험을 겪을 것 같기에, 내 신중한 태도에 한 번만 예외를 두어 도덕 선생처럼 말하기로 한다. 〈어린이들아! 바오바브나무를 조심해라!〉 내가 이렇게 이 그림에 힘을 들인 것은, 오래전부터 내 친구들이 나처럼 멋모르고 지나쳤던 그 위험을 그들에게 알려 주기 위해서다. 내 교훈은 이만큼 수고할 값어치가 있다. 여러분은 어쩌면 이렇게 물을지도 모른다. 왜 이 책의 다른 그림들은 바오바브나무처럼 웅장하지 못하냐고. 대답은 아주 간단하다. 나는 애써 그렸지만 성공하지 못했다. 바오바브나무를 그릴 때는 위급한 마음에 그만 힘이 솟았던 것이다.

바오바브나무

6

아! 어린 왕자, 너의 초라하고 쓸쓸한 생활을 나는 이렇게 조금씩 알게 되었다. 오랫동안 네 마음을 달래 주는 것이라곤 아늑하게 해가 저무는 풍경밖에 없었다. 나흘째 되는 날 아침, 나는 너의 말을 듣고 이 새로운 사실을 알게 되었다. 그때 너는 이렇게 말했지.

「나는 해넘이가 정말 좋아. 지금 해넘이를 보러 가요…….」

「하지만 기다려야 하는데…….」

「기다리다니, 뭘?」

「해가 지기를 기다려야지.」

너는 처음에 아주 놀란 얼굴을 하더니, 곧 네 자신이 어처구니없다는 듯이 웃었다. 그리고 너는 말했지.

「나는 아직도 내 별에 있는 건 줄 알았어.」

그렇다. 미국이 한낮이면 누구나 다 알다시피 프랑스에서는 해가 저문다. 해가 저무는 것을 보려면 단 1분 동안에 프랑스로 갈 수만 있으면 될 텐데. 불행히도 프랑스는 너무 멀리 떨어져 있지. 그러나

그처럼 작은 너의 별에서는 의자를 몇 걸음 당겨 놓으면 그만이었
지. 그래서 넌 네가 원할 때마다 석양을 바라보곤 했었지…….

「어느 날 난 마흔네 번이나 해넘이를 보았어!」

그리고 잠시 후 이렇게 덧붙였지.

「아저씨도 알 거야……. 그렇게도 슬플 때는 누구나 해가 저무는
게 보고 싶지.」

「마흔네 번 해넘이를 본 날, 그렇다면 너는 그만큼 슬펐단 말이냐?」

그러나 어린 왕자는 대답하지 않았다.

ㄱ

닷새째 되는 날, 그날도 역시 양의 도움으로 나는 어린 왕자의 삶에 깃들어 있는 이 비밀을 알게 되었다. 오랫동안 말없이 생각해 온 의문이 열매를 맺은 듯 갑자기 그는 밑도 끝도 없는 질문을 던졌다.

「양이 작은 떨기나무를 먹는다면 꽃도 먹을까?」

「양은 닥치는 대로 다 먹지.」

「가시가 있는 꽃도?」

「그럼. 가시가 있는 꽃도.」

「그렇다면 가시는 무슨 소용이 있는 거야?」

나는 그것을 알 수 없었다. 나는 그때 내 모터에 너무 꽉 조여 있는 볼트를 푸느라고 온 정신을 다 쏟고 있었다. 고장이 아주 심하다는 생각이 들어서 나는 몹시 걱정스러웠고, 마실 물은 다 떨어져 가니 최악의 경우를 염려하지 않을 수 없었다.

「가시는 무슨 소용이 있는 거야?」

어린 왕자는 한번 질문을 던지면 절대로 포기하지 않는다. 나는 볼트 때문에 화가 나서 아무렇게나 대답했다.

「가시 그까짓 것은 아무 소용도 없는 거야. 꽃들이 괜히
심술을 부리는 거야!」

「아!」

그는 한동안 말이 없더니 앙심이라도 품은 듯 나를
몰아세웠다.

「그럴 리가 없어! 꽃들은 약한 거야. 꽃들은 순진해.
해볼 수 있는 데까지 자신을 지키려는 거야. 꽃들은 자기
들이 가시를 가졌다고 무서운 줄 알고 있어…….」

나는 아무 대답도 하지 않았다. 그 순간 나는 혼자
이런 생각을 하고 있었다. 〈이놈의 볼트가 그래도
안 풀리면 망치로 두들겨 깨뜨려야지.〉 어린
왕자가 또다시 내 생각을 흐트려 놓았다.

「그래, 아저씨 그렇게 생각하는 거야.
꽃들이…….」

「아니야! 아니야! 난 아무 생각도
없어! 아무렇게나 대답한 거야. 나는,
나는 말이야, 중요한 일을 하느라고 바쁘
단 말이야!」

그는 깜짝 놀라 나를 노려보았다.

「중요한 일이라고!」

그는 손가락에 새까맣게 기름을 묻힌 채

손에 망치를 들고 그에게는 매우 흉측해 보이는 물건에 엎드려 있는 내 모습을 보고 있었다.

「아저씨도 어른들같이 말하네!」

그 말에 나는 좀 부끄러웠다. 그러나 그는 매정하게 덧붙였다.

「아저씨는 모든 걸 혼동하고 있어. 아저씨는 모든 게 다 뒤죽박죽이야!」

그는 정말 몹시 화가 나 있었다. 금빛 머리칼을 바람 속에 흔들었다.

「내가 아는 별에 얼굴이 시뻘건 어른이 살고 있어요. 그는 꽃 한 송이 향기를 맡은 적도 없고, 별 하나 바라본 적도 없고, 누구 한 사람 사랑해 본 적도 없어요. 덧셈밖에는 다른 일을 한 적이 없는 거야. 그러면서 하루 종일 아저씨 같은 말만 되풀이한다고요. 〈나는 중요한 일을 하는 사람이야! 나는 중요한 일을 하는 사람이야!〉 그러고는 으스댄다고요. 하지만 그건 사람이 아니야, 그건 버섯이야!」

「뭐라고?」

「버섯이야!」

어린 왕자는 화가 나서 이제 얼굴이 하얗게 질렸다.

「수백만 년 전부터 꽃들은 가시를 만들어 왔어. 수백만 년 전부터 양은 바로 그 꽃들을 먹어 왔고. 그런데 왜 꽃들이 아무 소용도 없는 가시를 만드느라 그렇게 고생을 하는지 알아보려는 것이 그래 중요한 일이 아니란 말이야? 양과 꽃들의 전쟁은 중요한 일이 아니란 말이야? 그 뚱뚱하고 시뻘건 어른의 덧셈보다 더 중요하고 진지한 일이 아니란 말이야? 내 별을 떠나선 어디를 가도 찾아볼 수 없는, 이 세상에 단 한 송이밖에 없는 꽃을 생각해 봐. 어느 날 아침 조그만 양이 멋도 모르고 이렇게 단숨에 없애 버릴지도 모르는 그 꽃을 내가 사랑한다고 해봐. 그런데 그게 중요한 일이 아니란 말이야?」

그는 얼굴이 빨개져 가지고 다시 말을 이었다.

「수백만 또 수백만이 넘는 별들 속에 그런 종류로는 단 한 송이밖에 없는 꽃을 누군가가 사랑한다면, 그 사람은 별들을 바라보기만 해도 행복할 거야. 〈저 하늘 어딘가에 내 꽃이 있겠지…….〉 이렇게 혼자 말하겠지. 그런데 양이 그 꽃을 먹어 버리면 어떻게 되겠어. 그에겐 그 모든 별들이 갑자기 꺼져 버리는 것 같을 거야! 그래도 그게 중요한 일이 아니란 말이야!」

그는 더 말을 잇지 못했다. 그는 갑자기 흐느껴 울기 시작했다. 어둠이 깔려 있었다. 나는 내 연장들을 던져두었다. 나는 망치도 나사도 목마름도 죽음도 안중에 없었다. 어떤 별, 어떤 행성 위에, 나의 별인 이 지구 위에, 내가 달래 주어야 할 어린 왕자가 하나 있다! 나는 그를 팔로 감싸 안았다. 그를 조용히 흔들어 달랬다. 나는 그에게 말했다. 「네가 사랑하는 꽃은 이제 위험하지 않아……. 양의 입에 씌우도록 내가 부리망을 하나 그려 줄게……. 네 꽃을 위해 내가 갑옷도 하나 그려 줄게……. 내가…….」 나는 더 이상 무엇을 말해야 할지 도무지 알 수 없었다. 난 내가 아주 서툰 것 같았다. 어떻게 해야 그를 달랠 수 있는지, 어디를 가야 그의 마음을 다시 잡을 수 있는지…… 나는 알 수 없었다. 눈물의 나라, 그건 그렇게도 신비롭다.

8

나는 곧 그 꽃을 더 잘 알게 되었다. 어린 왕자의 별에는 전부터 아주 소박한 꽃들이 있었다. 홑꽃잎을 한 이 꽃들은 별로 큰 자리를 차지하는 것도 아니었고, 누구의 마음을 설레게 하는 것도 아니었다. 하루아침에 풀 속에 나타났다가 저녁이면 조용히 사그라들었다. 그런데 어디서 날아왔는지 알 수 없는 씨앗 하나에서 어느 날 그 꽃이 싹을 텄고, 어린 왕자는 다른 싹과 닮지 않은 이 어린 나무를 아주 가까이서 살폈다. 어쩌면 새로운 종류의 바오바브나무인지도 모른다. 그러나 이 어린 나무는 이내 자라는 것을 멈추고 꽃을 준비하기 시작했다. 어린 왕자는 그 커다랗게 자리 잡는 꽃망울을 지켜보며 곧 어떤 기적이 나타나리라고 생각했다. 그러나 꽃은 그 초록의 방에 숨어 계속 아름다움을 가꾸고 있었다. 정성 들여 색깔을 골랐다. 꽃은 천천히 옷을 입고 꽃잎을 하나하나 가다듬었다. 그 꽃은 개양귀비처럼 아무렇게나 차리고 나타나려 하지 않았다. 아름다운 빛이 흘러넘칠 때에야 나타나고 싶어 했다. 그렇다! 정말 멋쟁이 꽃이었다! 신비로운 화장은 그래서 몇 날 며칠이 걸렸다. 드디어 어느 날 아침 바로 해가 뜨는 시각에 그 꽃은 제 모습을 드러냈다.

그리고 그 꽃은 아주 꼼꼼하게 화장을 했으면서도 하품을 하며 이렇게 말했다.

「아! 전 이제 겨우 일어났어요……. 미안해요……. 아직 머리도 온통 헝클어져 있고…….」

그러나 어린 왕자는 감탄을 누를 수가 없었다.

「참 아름다워요!」

「그렇죠?」 꽃이 나직하게 대답했다. 「그리고 전 해님과 함께 태어났어요…….」

어린 왕자는 그 꽃이 별로 겸손하지 못하다는 걸 알아차렸다. 그러나 그만큼 마음을 설레게 하는 꽃이 아닌가!

꽃은 이내 말을 이었다.

「지금쯤 아침 식사 시간이 아닐까요. 친절을 베풀어 제 생각을 좀 해주시겠어요?」

그 말에 어린 왕자는 어쩔 줄을 모르며 시원한 물이 담긴 물뿌리개를 찾아다가 꽃의 시중을 들었다.

그 꽃은 이렇게 좀 심술궂은 허영심으로 그를 금방 괴롭혔다. 예를 들어, 어느 날은 자기의 가시 넷을 내보이며 어린 왕자에게 이런 말을 했다.

35

「호랑이들이 발톱을 세우고 덤벼들지도
몰라요!」

「이 별에는 호랑이가 없어요. 그리고 호랑
이는 풀 같은 것은 먹지 않아요.」어린
왕자가 반박했다.

「전 풀이 아니에요.」꽃이 나직하
게 대답했다.

「미안해요……」

「호랑이 따윈 무서울 게 없지
만 그래도 바람은 끔찍해. 바람막이 같은 건 없나요?」

〈바람이 끔찍하다고……. 그렇다면 식물로서는 참 안됐구나.〉어린
왕자는 예사롭게 생각하지 않았다. 〈이 꽃은 정말 까다롭구나…….〉

「저녁엔 유리 덮개를 씌워 줘요. 당신 별은 아주 춥네요. 설비가
엉망이고. 제가 떠나온 곳은…….」

그러나 꽃은 거기서 말을 그쳤다. 꽃
은 씨의 형식으로 이곳에 왔으니 다른 세
계를 결코 알 턱이 없는 것이다. 그런 순
진한 거짓말을 꾸미다가 들킨 게 부끄러
워서 꽃은 잘못을 어린 왕자에게 뒤집어
씌우려고 두세 번 기침을 했다.

「바람막이는요?」

「막 찾으러 가려는데 당

36

신이 말을 하기에⋯⋯.」

그러자 꽃은 어찌 됐든 어린 왕자를 후회하
도록 만들려고 억지 기침을 했다.

이렇게 해서 어린 왕자는 그의 사랑
에서 우러나온 착한 마음에도 불구하
고 그 꽃을 곧 의심하게 되었다. 별것도
아닌 말을 심각하게 생각했고 그래서 아주 불행하게 되었다.

「꽃의 말을 듣는 게 아니었어.」 어느 날 그는 내게 속마음을 털어
놓았다. 「꽃들의 말을 들어서는 안 돼. 그저 바라보고 향기를 맡아
야지. 내 꽃은 내 별을 향기롭게 해주었는데 나는 그걸 즐길 줄 몰랐
어. 나를 그렇게 화나게 했던 그 발톱 이야기가 내 마음을 푸근하게
할 수도 있었는데⋯⋯.」

그는 계속해서 자기의 속마음을 이야기했다.

「그때 난 아무것도 알지 못한 거야! 말이 아니라
행동으로 그 꽃을 판단했어야 했는데. 그 꽃은 나
를 향기롭게 해주고 내 마음을 밝게 해주었어. 거기
서 도망쳐 나오는 것이 아니었는데! 그 어설픈 거짓
말 뒤에 따뜻한 마음이 숨어 있는 걸
눈치챘어야 했는데. 꽃들은 정말 모순
덩어리야! 하지만 난 꽃을 사랑
하기엔 너무 어렸어.」

37

9

　나는 그가 철새들의 이동을 이용해서 그의 별을 빠져나왔으리라 생각한다. 떠나는 날 아침 그는 별을 깨끗이 정돈했다. 그는 활화산을 정성 들여 청소했다. 그에겐 활화산이 둘 있었는데, 그것들은 아침밥을 데우는 데 꼭 알맞았다. 사화산도 하나 있었다. 그러나 그의 말처럼 〈어떻게 될지 누가 알아!〉 그래서 그는 사화산도 똑같이 청소했다. 청소만 잘 해주면 화산들은 서서히 규칙적으로 불타올라 폭발하는 일이 없다. 화산 폭발은 굴뚝의 화재와 같은 것이다. 물론 지구 위에 사는 우리들은 너무 작아 화산을 청소할 수 없다. 그래서 우리들은 화산 폭발 때문에 자주 곤란한 일을 겪게 되는 것이다.

　어린 왕자는 좀 쓸쓸한 마음으로 최근에 돋아난 바오바브나무의 싹들도 뽑았다. 그는 다시 돌아오게 되지 않으리라 생각하고 있었다. 그러나 손에 익은 그 모든 일들이 그날 아침엔 유난히도 다정하게 느껴졌다. 그리고 마지막으로 꽃에 물을 주고, 유리 덮개를 씌워줄 채비를 할 때 그는 울고만 싶었다.

그는 활화산을 정성 들여 청소했다

「잘 있어.」그는 꽃에게 말했다.

그러나 꽃은 대답이 없었다.

「잘 있어.」그는 되풀이했다.

꽃은 기침을 했다. 그러나 감기 때문이 아니었다.

「내가 바보였어.」이윽고 꽃이 말했다.「용서해 줘. 부디 행복하게 지내.」

그는 꽃이 비난을 퍼붓지 않는 것을 보고 놀랐다. 유리 덮개를 쳐 들고 그는 멍청히 서 있었다. 이렇게 잔잔하고 다정하다니 도무지 이해할 수 없었다.

「그래, 난 너를 사랑해.」꽃이 말했다.「넌 그걸 알아차리지 못했어, 내 잘못이지. 그런 건 아무래도 좋아. 하지만 너도 나만큼 바보였어. 부디 행복하게 지내……. 그 유리 덮개는 조용히 치워 두고. 이젠 필요 없어.」

「하지만 바람이…….」

「나는 그렇게 감기에 잘 걸리지는 않아. 시원한 밤바람이 내게 좋을 거야. 난 한 송이 꽃이야.」

「하지만 짐승들이…….」

「나비를 보려면 벌레 두세 마리는 견뎌 내야지. 나비는 참 아름다운 것 같더라. 그러지 않으면 누가 날 찾아오겠어. 너는 멀리 있을 거고. 커다란 짐승들이 온대도 난 겁날 게 없어. 나한텐 발톱이 있으니까.」

그러면서 그녀는 순진하게 가시 네 개를 내보였다. 그리고 덧붙였다.

「그렇게 꾸물거리지 마. 자꾸 마음이 쓰여. 벌써 떠나기로 결심했잖아. 어서 가.」

꽃은 우는 모습을 보이고 싶지 않았던 것이다. 그렇게도 오만한 꽃이었다…….

10

    그의 별은 소행성 325, 326, 327, 328, 329, 330과 같은 구역에 있었다. 그래서 그는 우선 그 별들을 방문하여 일자리도 찾아보고 견문도 넓히기로 했다.

    첫 번째 별에는 왕이 살고 있었다. 왕은 주홍빛 천과 흰 담비 가죽으로 만든 옷을 입고 아주 단순하면서도 위엄 있는 왕좌에 앉아 있었다.

    「아! 신민이 하나 오는도다!」 왕은 어린 왕자를 보고 소리쳤다. 어린 왕자는 의아스럽게 생각했다.

    〈한 번도 나를 본 적이 없는데 어떻게 알아보지!〉

    왕들에게는 세계가 아주 단순하게 되어 있다는 것을 어린 왕자는 몰랐던 것이다. 왕에겐 모든 사람이 다 신민이다.

    「짐이 그대를 더 잘 볼 수 있도록 가까이 오너라.」 왕은 드디어 어떤 사람에게 왕 노릇을 하게 된 게 아주 자랑스러워 이렇게 말했다.

    어린 왕자는 눈을 들어 앉을 자리를 찾아보았으나 별은 화려한

담비 가죽 망토로 온통 덮여 있었다. 그래서 그는 서 있었고, 피곤해서 하품이 나왔다.

「어전에서 하품을 함은 예의에 어긋나는 일이니라.」 군주가 말했다. 「짐은 그대에게 이를 금하노라.」

「저는 하품을 참을 수가 없습니다.」 어린 왕자는 어쩔 줄을 모르고 대답했다. 「먼 길을 여행하느라 잠을 못 자서…….」

「그럼 하품을 명하노라.」 왕이 말했다. 「여러 해 전부터 하품하는 사람을 본 적이 없다. 짐에게 하품은 신기한 것이로다. 자! 다시 하품을 하라. 명령이다.」

「그러시니 겁이 납니다……. 이젠 하품이 나오질 않습니다…….」 얼굴을 붉히며 어린 왕자는 말했다.

「흠! 흠!」 왕이 대답했다. 「그렇다면, 짐은…… 짐은 그대에게 명하노라, 어떤 때는 하품을 하고 어떤 때는…….」

그는 좀 빠른 말로 얼버무렸으며, 화가 난 것 같았다.

왕은 어찌 됐든 자기 권위가 존중되길 바랐던 것이다. 그는 불복종을 용서하지 않았다. 그는 절대 군주였다. 그러나 아주 착한 사람이어서 지당한 명령을 내렸다.

「짐이 만일 어느 장군에게,」 그는 흔히 이런 말을 하는 것이었다, 「짐이 만일 어느 장군에게 바닷새로 변하라고 명령했는데, 그 장군이 명령에 복종하지 않았다면, 그건 장군의 잘못이 아니라 짐의 잘못이니라.」

「앉아도 괜찮을까요?」 어린 왕자는 머뭇거리며 물었다.

「짐은 그대에게 앉기를 명하노라.」 왕은 대답하며 담비 망토 한
자락을 위엄 있게 걷어 올렸다.

　그러나 어린 왕자는 놀랐다. 그 별은 아주 작았다. 이 왕은 대체
무얼 다스린단 말인가?

　「전하…… 여쭐 말씀이 있습니다만…….」 그가 말했다.

　「짐은 그대에게 질문하기를 명하노라.」 왕은 서둘러 말했다.

「전하께선…… 무얼 다스리십니까?」

「모든 것을.」왕은 매우 간단하게 대답했다.

「모든 것을요?」

왕은 조심스럽게 자기 별과 그리고 다른 모든 행성과 항성을 가리켰다.

「저걸 전부요?」어린 왕자가 말했다.

「저것 전부를……」왕이 대답했다.

그는 절대 군주였을 뿐만 아니라 만유의 왕이었기 때문이다.

「그럼 별들이 전하께 복종합니까?」

「물론이로다.」왕이 말했다. 「별들은 즉시 복종하느니라. 짐은 불복종을 용서치 아니하노라.」

그만한 권력에 어린 왕자는 감탄했다. 내가 만일 그런 권력을 가졌다면 의자를 끌어당길 필요도 없이 하루에 마흔네 번이 아니라 일흔두 번이라도, 아니 백 번이라도, 아니 이백 번이라도 해넘이를 구경할 수 있을 텐데! 그러자 버려두고 온 작은 별이 마음속에 떠올라 그는 조금 슬퍼졌으므로 용기를 내어 왕의 은총을 빌었다.

「저는 해 지는 것을 보고 싶습니다. 저를 기쁘게 해주세요……. 해가 지도록 명령해 주세요…….」

「짐이 만일 어느 장군에게 이 꽃 저 꽃으로 나비처럼 날아다니라든지, 비극을 한 편 쓰라든지, 바닷새로 변하라고 명령을 하여, 그 장군이 하달된 명령을 수행하지 못했다면, 짐과 장군 가운데 누가 잘못이겠는가?」

「전하의 잘못입니다.」어린 왕자는 단호하게 대답했다.

「바로 그렇다. 누구에게나 그가 할 수 있는 것을 요구해야 하느니라.」왕은 계속했다.「권위는 무엇보다도 이성에 근거를 두는 법이니라. 네가 만일 네 백성들에게 바다에 빠져 죽으라고 명령을 한다면 그들은 혁명을 일으키리라. 짐이 복종을 요구할 권리가 있음은 짐의 명령이 지당하기 때문이니라.」

「그런데 제가 부탁한 해넘이는 어떻게 됐습니까?」한번 질문을 하면 절대로 잊어버리지 않는 어린 왕자는 그걸 다시 일깨웠다.

「너는 해넘이를 보게 되리라. 짐은 그것을 명령하겠노라. 그러나 짐의 통치술에 따라 조건이 마련될 때까지 기다리겠노라.」

「언제 그렇게 될까요?」어린 왕자는 캐물었다.

「흠! 흠!」왕은 우선 커다란 달력을 들추며 대답했다.「그것은…… 오늘 저녁…… 오늘 저녁…… 그것은 오늘 저녁 7시 40분경이 되리라. 그때 너는 짐의 명령이 얼마나 잘 이행되는가를 알게 되리라.」

어린 왕자는 하품을 했다. 해 지는 것을 못 보게 되어 서운했다. 그는 벌써 좀 지루해졌다.

「저는 여기서 더 할 일이 없습니다. 저는 떠나겠습니다.」그는 왕에게 말했다.

「떠나지 말라.」왕이 대답했다. 그는 신민을 갖게 된 게 아주 자랑스러웠던 것이다.「떠나지 말라. 짐은 너를 대신으로 임명하노라!」

「무슨 대신이요?」

「음…… 법무 대신!」

「하지만 재판받을 사람이 없는데요!」

「아직 모른다! 짐은 아직까지 짐의 왕국을 돌아본 적이 없노라. 짐은 매우 늙었고, 수레를 놓을 자리도 없고, 걷자니 피곤하고.」 왕이 말했다.

「아! 하지만 전 벌써 다 보았어요.」 어린 왕자는 대답했다. 그는 방금 몸을 기울여 그 별의 다른 편을 힐끗 보았던 것이다. 「저쪽에도 역시 아무도 없습니다.」

「그럼 그대 자신을 재판하라.」 왕이 대답했다. 「그게 가장 어려운 일이로다. 다른 사람을 판단하는 것보다 제 자신을 판단하는 게 훨씬 더 어려운 일이니라. 네가 자신을 잘 판단할 수 있게 된다면, 그것은 네가 참으로 슬기로운 사람이기 때문이니라.」

「저는 아무 데서나 제 자신을 판단할 수 있습니다. 꼭 여기서 살아야 할 필요는 없습니다.」 어린 왕자는 말했다.

「흠! 흠!」 왕은 말했다. 「짐의 별 어딘가에 늙은 쥐 한 마리가 있는 게 확실하다. 밤이면 쥐 소리가 들리노라. 너는 그 늙은 쥐를 재판할 수 있느니라. 이따금 그 쥐를 사형에 처할 수도 있노라. 그러면 쥐의 생명은 너의 재판에 달려 있노라. 그러나 그때마다 너는 특사를 내려 그 쥐를 아끼도록 하라. 한 마리밖에 없으니 말이다.」

「저는 사형 선고를 좋아하지 않습니다. 가야 할 것 같습니다.」 어린 왕자는 대답했다.

「안 된다.」 왕이 말했다.

어린 왕자는 준비를 다 끝냈지만 늙은 군주를 마음 아프게 하고 싶지 않았다.

「전하의 명령이 어김없이 복종되길 원하신다면, 제게 지당한 명령을 내려 주십시오. 예를 들어 1분 안에 떠나라고 명령하실 수 있을 것입니다. 제 생각으론 조건이 마련된 것 같습니다만…….」

왕이 아무런 대답도 하지 않는 걸 보고 어린 왕자는 잠시 주저했지만 곧 한숨을 쉬며 별을 떠났다.

「짐은 그대를 대사로 임명하노라.」 왕은 그때 서둘러 소리 질렀다.

위엄이 가득 서려 있었다.

〈어른들은 참 이상해.〉 어린 왕자는 여행을 하며 속으로 생각했다.

11

두 번째 별에는 허영쟁이가 살고 있었다.

「아! 아! 찬미자가 하나 찾아오는구나!」 허영쟁이는 멀리 어린 왕자를 보자마자 소리쳤다.

허영쟁이들에게는 다른 사람들이 모두 찬미자로 보이기 때문이다.

「안녕하세요.」 어린 왕자가 말했다. 「아저씨는 이상한 모자를 쓰셨네요.」

「답례를 하기 위해서지.」 허영쟁이가 대답했다. 「사람들이 나에게 박수갈채를 할 때 답례를 하기 위해서야. 그런데 불행하게도 여기를 지나가는 사람이 아무도 없구나.」

「아, 그래요?」 무슨 말인지 알아듣지 못한 어린 왕자가 말했다.

「두 손을 마주쳐 봐라.」 그래서 허영쟁이가 일러 주었다.

어린 왕자는 두 손을 마주쳤다. 허영쟁이는 모자를 벗어 들고 공손히 답례를 했다.

〈왕을 만났을 때보다 훨씬 재미있군.〉 어린 왕자는 속으로 생각

했다. 그래서 그는 두 손을 다시 마주치기 시작했다. 허영쟁이는 모자를 들어 올려 답례를 다시 시작했다.

5분 동안 실습을 하고 나니 어린 왕자는 이 단조로운 놀이에 싫증이 났다.

「그런데 모자를 떨어뜨리려면 어떻게 해야 하나요?」

그러나 허영쟁이는 그 말을 듣지 않았다. 허영쟁이들은 칭찬하는 말밖에는 듣지 않는다.

「너는 정말로 나를 무척 숭배하니?」 그는 어린 왕자에게 물었다.

「〈숭배한다〉는 게 무슨 뜻인데요?」

「〈숭배한다〉는 건 내가 이 별에서 가장 잘생겼고 가장 옷을 잘 입고 가장 부자고 지식이 가장 많다고 인정해 준다는 뜻이지.」

「하지만 이 별에는 아저씨 혼자뿐인데요!」

「나를 기쁘게 해다오. 아무튼 나를 숭배해 다오!」

「난 아저씨를 숭배해요.」 어린 왕자는 어깨를 약간 으쓱하며 말했다. 「하지만 그게 아저씨한테 어떻다는 거예요?」

그리고 어린 왕자는 그 별을 떠났다.

〈어른들은 아무래도 좀 이상해.〉 여행을 하는 동안 어린 왕자는 속으로 이렇게만 생각했다.

12

　다음 별에는 술꾼이 살고 있었다. 이번 방문은 아주 짧았지만 어린 왕자를 깊은 우울에 잠기게 했다.

　「거기서 뭘 하고 계시죠?」 빈 병 한 무더기와 가득 찬 병 한 무더기를 앞에 놓고 말없이 앉아 있는 술꾼을 보고 어린 왕자는 물었다.

　「마시고 있다.」 술꾼은 침울한 표정으로 대답했다.

　「왜 마셔요?」 어린 왕자가 물었다.

　「잊으려고.」 술꾼이 대답했다.

　「무얼 잊어요?」 어린 왕자는 벌써 그를 불쌍하게 여기며 캐물었다.

　「내가 부끄러운 놈이란 걸 잊기 위해서.」 술꾼은 고개를 떨어뜨리며 털어놓았다.

　「뭐가 부끄러운데요?」 어린 왕자는 그를 도와주고 싶어 자세히 물었다.

　「마신다는 게 부끄러워!」 주정뱅이는 말을 끝내고 입을 꼭 다물어 버렸다.

그래서 어린 왕자는 어쩔 줄 몰라 하며 그 별을 떠났다.
〈어른들은 아무리 봐도 아주아주 이상해.〉 여행을 하는 동안
그는 속으로 그렇게만 생각했다.

13

    네 번째 별은 사업가의 별이었다. 이 사람은 얼마나 바쁜지 어린 왕자가 왔는데도 고개조차 들지 않았다.

    「안녕하세요?」 어린 왕자가 말했다. 「담뱃불이 꺼졌네요.」

    「셋 더하기 둘은 다섯, 다섯 더하기 일곱은 열둘, 열둘에다 셋은 열다섯. 안녕. 열다섯에 일곱은 스물둘, 스물둘에다 여섯이면 스물여덟. 다시 불붙일 시간도 없구나. 스물여섯에 다섯은 서른하나. 후유! 자 그럼 5억 162만 2,731이로구나.」

    「뭐가 5억인데요?」

    「뭐? 너 여태 거기 있니? 5억 1백만…… 그리고 뭐더라…… 이렇게도 일이 많으니! 나는 중대한 일을 하고 있는 사람이야. 난 말이야, 시시한 이야기 따위로 시간을 보내진 않아. 둘에 다섯은 일곱…….」

    「뭐가 5억 1백만인데요?」 한번 질문을 하면 절대로 포기하지 않는 어린 왕자는 되풀이해서 물었다.

    사업가가 고개를 들었다.

「나는 이 별에 54년간을 살았지만 방해를 받은 적은 세 번밖에 없
었다. 처음은 22년 전이야, 어디서 날아들었는지 풍뎅이 한 마리가
떨어졌지. 그놈이 요란한 소리를 내지르는 통에 덧셈이 네 군데나
틀렸지. 두 번째는 11년 전인데 신경통이 발작한 때문이었어. 난 운
동 부족이야. 한가롭게 걸어다닐 시간이 없어서. 나는, 나는 말이야,
중요한 일을 하는 사람이야. 세 번째는…… 바로 지금이야! 그런데
아까 내가 5억 1백만…….」

「뭐가 억이고 백만인데요?」

조용해지긴 틀렸다고 사업가는 깨달았다.

「이따금 하늘에서 볼 수 있는 조그만 것들 말이다.」

「파리 떼?」

「아니. 반짝반짝 빛나는 작은 것들 말이다.」

「꿀벌?」

「아니. 금빛으로 반짝이는 조그만 것들 말이다. 게으름뱅이들은 그걸 쳐다보며 꿈을 꾸지. 그러나 난 중요한 일을 하는 사람이야. 꿈꾸고 있을 시간이 없다.」

「아! 별들?」

「그래, 그래, 별 말이야.」

「그럼 아저씬 별을 5억 개나 가지고 뭘 하는데요?」

「5억 162만 2,731개지. 나는 중요한 일을 하는 사람이야. 나는 정확해.」

「그런데 그 별로 뭘 하는데요?」

「뭘 하느냐고?」

「네.」

「아무것도 안 해. 그것들을 소유하는 거야.」

「아저씨가 별들을 소유한다고요?」

「그럼.」

「하지만 난 벌써 왕을 보았는데, 그 왕이…….」

「왕은 소유하는 게 아냐. 〈지배〉하는 거지. 아주 다른 거야.」

56

「그럼 별을 소유하면 아저씨에게 무슨 소용이 있는데요?」

「부자가 되지.」

「그럼 부자가 되는 건 무슨 소용이 있는데요?」

「다른 별들을 사는 데 소용되지. 누가 별을 하나 발견했을 때 말이야.」

〈이 사람도 이치를 따지는 식이 그 주정뱅이와 비슷하네.〉 어린 왕자는 속으로 생각했다.

그러나 그는 다시 질문을 했다.

「어떻게 하면 별을 소유하는데요?」

「그것들을 맡아 놓은 사람이 누구지?」 사업가가 까다롭게 되물었다.

「몰라요, 아무도 아니지요.」

「그러니 내가 맡아 놓는 거야. 그걸 맨 처음 생각한 건 나니까 말이야.」

「그걸로 다 되는 거예요?」

「물론이지. 아무도 맡아 놓지 않은 다이아몬드를 네가 발견했다고 쳐봐. 그럼 그건 네 것이야. 아무도 맡아 놓지 않은 섬 하나를 네가 봤다고 쳐봐. 그럼 그건 네 거야. 어떤 생각을 네가 맨 처음 했다고 쳐. 그럼 넌 특허를 낼 수 있어. 그 생각은 네가 맡아 놓은 거야. 나도 마찬가지야. 나보다 먼저 별을 갖겠다고 맘먹은 사람이 하나도 없으니까 별은 내 소유야.」

「그건 사실이에요. 그렇지만 그걸로 뭘 하는데요?」 어린 왕자가 말했다.

「관리하지. 별을 세고 또 세는 거야. 어려운 일이지. 그러나 난 중대한 일을 하는 착실한 사람이야!」 사업가가 말했다.

어린 왕자는 그래도 시원치가 않았다.

「내가 머플러를 하나 가졌다면 나는 그걸 목에 감고 다닐 수 있어요. 내가 꽃을 하나 가졌다면 그걸 꺾어 가지고 다닐 수 있어요. 그러나 아저씨는 별들을 딸 수 없잖아요.」

「없지. 그러나 은행에 맡겨 둘 수는 있어.」

「그게 무슨 말인데요?」

「그건 작은 종이에 내가 가진 별들의 숫자를 적는다는 말이지. 그다음 나는 그 종이를 서랍 속에 넣고 자물쇠를 채워 두는 거야.」

「그게 다예요?」

「그럼 됐지!」

〈그거 재미있다.〉 어린 왕자는 생각했다. 〈꼭 시 같다. 하지만 별로 중대한 일은 아니군.〉

어린 왕자는 중대한 일이라는 것에 대해 어른들과는 생각이 달랐다.

「나는요,」 그는 다시 말했다. 「나는 꽃을 하나 가졌는데 날마다 물을 줘요. 화산 세 개를 가졌는데 주일마다 청소를 해요. 불 꺼진 화산도 같이 청소하니까요. 지금은 죽은 화산이지만 어떻게 될지 누가 알아요. 그것들을 내가 가지고 있는 건 화산한테도 이롭고 꽃한테도 이롭지만, 아저씨는 별들한테 이로울 게 없어요.」

상인은 무어라 말을 하려 했지만 대답할 말을 찾아내지 못했다. 어린 왕자는 별을 떠났다.

〈정말이지 어른들은 확실히 이상야릇해.〉 여행을 계속하며 어린 왕자는 속으로 이렇게만 생각했다.

14

다섯 번째 별은 아주 신기했다. 그 별들 가운데서 가장 작은 별이었다. 가로등 하나와 가로등 켜는 사람 하나가 들어설 만한 자리밖에 없었다. 어린 왕자는 하늘 어딘가에, 집도 없고 사람도 살지 않는 한 별 위에 가로등과 가로등 켜는 사람이 무슨 소용이 있을까 생각해 보았지만 끝내 알 수 없었다. 하지만 속으로 이렇게 생각했다.

〈어쩌면 이 사람도 엉터리일 거야. 하지만 왕이나 허영쟁이나 사업가나 술꾼 같은 엉터리들보다는 낫지. 적어도 그가 하는 일에는 어떤 의미가 있어. 그가 가로등에 불을 켜면 별 하나나 꽃 한 송이를 새로 태어나게 하는 것과 같은 거야. 그가 가로등을 끄면 꽃이나 별을 잠재우는 거야. 아주 재미있는 일인데. 재미있으니까 정말 유익한 것이지.〉

그는 별에 들어서며 가로등 켜는 사람에게 공손하게 인사를 했다.

「안녕하세요. 왜 방금 가로등을 껐나요?」

「명령이야.」 가로등 켜는 사람이 대답했다. 「안녕?」

「명령이 뭐예요?」

「가로등을 끄라는 거야. 그럼 안녕히.」

그리고 그는 다시 불을 켰다.

「그럼 왜 방금은 불을 켰지요?」

「명령이야.」 가로등 켜는 사람이 대답했다.

「못 알아듣겠는데.」 어린 왕자가 말했다.

「알아듣고 말고가 없어.」 가로등 켜는 사람이 말했다. 「명령은 명령이야. 안녕?」

그리고 그는 가로등을 껐다.

이어서 그는 붉은 네모 무늬가 있는 손수건으로 이마의 땀을 닦았다.

「나는 여기서 아주 끔찍한 일을 하고 있단다. 한때는 이치에 맞는 일이었지. 아침에 불을 끄고 저녁에 불을 켰었어. 낮엔 쉴 시간도 있었고 밤엔 잠잘 시간도 있었고……」

「그럼 그 뒤로 명령이 바뀌었나요?」

「바뀌지 않았어.」 가로등 켜는 사람이 말했다. 「비극은 바로 그거야! 별은 해가 갈수록 점점 빨리 돌고 명령은 바뀌지 않고!」

「그래서요?」 어린 왕자가 말했다.

「그래서 이제는 1분에 한 바퀴씩 돌고 있으니 나는 단 1초도 쉴 시간이 없지. 1분마다 한 번씩 켰다 껐다 하는 거야!」

「그거 신기하다! 아저씨 별은 하루가 1분이야!」

「신기할 게 하나도 없어.」 가로등 켜는 사람이 말했다. 「우리가 말

60

나는 여기서 아주 끔찍한 일을 하고 있단다

을 주고받는 동안 벌써 한 달이 되었단다.」

「한 달?」

「그렇단다. 30분. 곧 30일이지! 그럼 안녕히.」

그리고 그는 가로등에 다시 불을 켰다.

어린 왕자는 그를 바라보았으며, 명령에 그렇게도 성실한 이 가로등 켜는 사람을 사랑했다. 그는 의자를 끌어당겨 해넘이를 보던 옛날이 생각났다. 그는 자기 친구를 도와주고 싶었다.

「저 말이에요…… 쉬고 싶을 때 쉴 수 있는 방법이 있는데…….」

「나야 항상 쉬고 싶지.」 가로등 켜는 사람이 말했다.

사람이란 충실하면서도 동시에 게으를 수 있는 법이다.

어린 왕자는 하던 이야기를 계속했다.

「아저씨 별은 하도 작아서 성큼성큼 세 번만 걸으면 한 바퀴를 돌 수 있어요. 아저씨가 좀 천천히 걷기만 하면 계속 햇빛 아래 있을 수 있어요. 쉬고 싶으면 걷는 거예요……. 그럼 아저씨가 원하는 대로 낮이 길어질 거야.」

「나한테는 별로 대단한 것이 아니로구나.」 가로등 켜는 사람이 말했다. 「내 평생에 하고 싶은 것은 자는 거야.」

「안됐군요.」 어린 왕자는 말했다.

「안됐어.」 가로등 켜는 사람이 말했다. 「안녕?」

그리고 그는 가로등을 껐다.

어린 왕자는 더 멀리 여행을 떠나며 생각했다. 〈이 사람은 다른 사람들, 왕이나 허영쟁이나 술꾼이나 사업가한테 업신여김을 받을 거야. 그렇지만 내가 보기엔 우스꽝스럽지 않은 사람은 이 사람뿐이야. 그건 아마 이 사람이 제 자신이 아닌 다른 것에 정성을 들이고 있기 때문일 거야.〉

그는 서운해서 한숨을 내쉬며 다시 생각했다.

〈내가 친구로 삼을 수 있는 사람은 그 사람뿐이었는데. 그러나 별이 정말 너무 작았어. 둘이 있을 자리가 없어…….〉

어린 왕자가 차마 털어놓진 못한 것은, 이 별이 무엇보다도 스물네 시간에 1,440번이나 찾아오는 해넘이로 축복을 받았기 때문에 그가 이 별을 그리워한다는 것이었다!

15

　여섯 번째 별은 열 배나 더 넓은 별이었다. 그 별에는 노신사가 한 사람 살면서 커다란 책을 쓰고 있었다.

　「됐다! 탐험가가 하나 오는구나!」 그는 어린 왕자를 보고 소리쳤다.

　어린 왕자는 책상에 앉아 잠시 숨을 돌렸다. 벌써 멀리도 여행을 했구나!

　「너는 어디서 오는 길이냐?」 노신사가 물었다.

　「그 두꺼운 책은 뭐지요?」 어린 왕자가 물었다. 「여기서 뭘 하세요?」

　「나는 지리학자란다.」 노신사가 말했다.

　「지리학자가 뭔데요?」

　「어디에 바다가 있고, 어디에 강이 있고, 도시가 있고, 사막이 있는지 아는 학자를 말한단다.」

　「그거 참 재미있네요.」 어린 왕자가 말했다. 「이제야 직업다운 직업을 만났구나!」 그러고는 지리학자의 별을 슬쩍 둘러보았다. 이렇게 위엄 있는 별을 그는 아직까지 본 적이 없었다.

「참 아름다워요. 할아버지 별에는 큰 바다도 있나요?」

「알 수 없다.」지리학자가 말했다.

「아! (어린 왕자는 실망했다.) 산은요?」

「알 수 없다.」지리학자가 말했다.

「그럼 도시와 강과 사막은요?」

「그것도 알 수 없다.」지리학자가 말했다.

「하지만 할아버지는 지리학자라면서요?」

「맞는 말이다.」지리학자가 말했다.「그러나 나는 탐험가가 아니다. 나는 탐험가를 한 사람도 만나지 못했다. 도시와 강과 산과 바다와 대양과 사막을 세러 다니는 것은 지리학자가 아니란다. 지리학자는 너무나 중요한 사람이어서 나돌아 다닐 수가 없어. 지리학자는 자기 서재를 떠나지 않는단다. 그러나 서재에서 탐험가를 맞이하지. 그들에게 질문을 하고 그들의 기억을 기록하는 거야. 그러다가 그들 가운데 한 탐험가가 흥미로운 기억을 얘기하면 그 탐험가의 품행을 조사하게 되지.」

「그건 왜요?」

「거짓말을 하는 탐험가는 지리책에 큰 난리를 일으키거든. 또 술을 너무 많이 마시는 탐험가도 마찬가지야.」

「그건 왜요?」 어린 왕자가 물었다.

「술 취한 사람은 하나를 둘로 보기 때문이야. 그러면 지리학자는 산이 하나밖에 없는 곳에 둘이 있다고 기록할 거 아니니.」

「서투른 탐험가가 되기 꼭 알맞은 사람을 저도 하나 알고 있어요.」 어린 왕자가 말했다.

「있을 수 있는 이야기다. 그래서 탐험가의 품행이 괜찮다고 알려지면 그가 발견한 것을 조사하지.」

「거기 가보나요?」

「아니다. 그러려면 너무 번거롭지. 하지만 탐험가에게 증거물을 내놓으라고 요구하지. 가령 큰 산을 발견했다고 하면 그 산의 큰 돌을 가져오라고 요구한단다.」

지리학자는 갑자기 흥분했다.

「그런데 너는 멀리서 왔지! 너는 탐험가다! 네 별에 대해 설명을 해다오!」

그리고 지리학자는 큰 공책을 펼치곤 연필을 깎았다. 탐험가의 이야기는 우선 연필로 적는다. 잉크로 적으려면 탐험가가 증거물을 내놓을 때까지 기다려야 한다.

「자?」 지리학자가 물었다.

「아! 내 별은 별로 재미있는 별은 아니에요. 아주 작아요. 화산이 셋 있어요. 활화산 둘, 사화산 하나. 하지만 어떻게 될지 누가 알아요.」 어린 왕자가 말했다.

「누가 알겠니.」 지리학자가 말했다.

「꽃도 하나 있고요.」

「꽃은 적지 않는단다.」 지리학자가 말했다.

「왜요? 제일 예쁜데!」

「꽃은 덧없는 것이기 때문이란다.」

「〈덧없다〉는 게 무슨 뜻이지요?」

「지리학 책으로 말하면,」 지리학자가 말했다, 「모든 책 중에서 가장 귀중한 책이다. 절대로 유행에 뒤떨어지지 않는단다. 산이 자리를 옮기는 것은 아주 드문 일이지. 큰 바다의 물이 마른다는 것도 아주 드문 일이다. 우리는 영원한 것들을 기록한단다.」

「그러나 사화산이 살아날 수도 있는데요?」 어린 왕자가 끼어들었다. 「〈덧없다〉는 게 무슨 뜻이지요?」

「화산이 죽었건 살았건 우리들 지리학자에겐 결국 마찬가지지.」 지리학자는 말했다. 「우리에게 중요한 것은 산이야. 산은 변하지 않아.」

「그런데 〈덧없다〉는 것은 무슨 뜻이지요?」 한번 질문을 하면 절대로 포기한 적이 없는 어린 왕자는 되풀이해 물었다.

「그건 〈머지않아 사라질 위험이 있다〉는 뜻이지.」

「내 꽃이 머지않아 사라질 위험이 있다고요?」

「물론이지.」

〈내 꽃은 덧없구나.〉 어린 왕자는 생각했다. 〈게다가 바깥세상으로부터 저를 보호한다는 게 네 개의 가시뿐이구나! 나는 그런 꽃을 내 별에 홀로 두고 왔구나!〉

이것이 그가 처음으로 느낀 후회의 감정이었다. 그러나 그는 다시 용기를 되찾았다.

「할아버지 생각엔 제가 어딜 찾아갔으면 좋겠어요?」 그는 물었다.

「지구가 괜찮아.」 지리학자가 대답했다. 「그 별은 평판이 좋아……」

그래서 어린 왕자는 자기 꽃을 생각하며 길을 떠났다.

16

일곱 번째 별은 따라서 지구였다.

지구는 여간한 별이 아니다. 이 별엔 왕이 111명(물론 흑인 왕도 포함해서), 지리학자가 7천 명, 사업가가 90만 명, 주정뱅이가 750만 명, 허영쟁이가 3억 1천1백만 명, 다시 말해서 거의 20억이나 되는 어른들이 살고 있다.

전기가 발명되기 전까지 육대주 전체에 46만 2,511명이나 되는 가로등 켜는 사람들이 정말 군대처럼 움직여야 했다는 이야기를 들으면 지구가 얼마나 큰지 여러분들도 짐작할 수 있을 것이다.

좀 멀리서 바라보면 찬란한 구경거리였다. 이 군대들의 움직임은 오페라의 발레단처럼 질서 정연했다. 먼저 뉴질랜드와 오스트레일리아의 가로등 켜는 사람들 차례가 온다. 그들은 곧 등에 불을 붙이고 잠을 자러 간다. 그러면 중국과 시베리아의 가로등 켜는 사람들이 춤을 추러 들어온다. 곧 그들도 역시 무대 뒤로 사라진다. 그러면 러시아와 인도의 가로등 켜는 사람들의 차례가 온다. 이어서 아프리카와 유럽의 가로등 켜는 사람들. 이어서 남아메리카와 북아메리카. 그들은 무대에 등장하는 순서에 결코 실수하는 법이 없었다. 정말 대단했다.

오직, 북극에 하나뿐인 가로등 켜는 사람과 남극에 하나뿐인 그의 동업자, 이 두 사람만 한가롭고 태평하게 살았다. 그들은 1년에 두 번 일을 하였다.

17

재치를 부리려다 보면 좀 거짓말을 하게 되는 수가 있다. 여러분들에게 가로등 켜는 사람들의 얘기를 하면서도 내가 아주 정직했던 것은 아니다. 우리 별을 잘 모르는 사람들이 이 별에 대해 그릇된 생각을 가지게 될까 봐 걱정이다. 지구에서 사람들이 차지하는 자리는 아주 작다. 지구에 사는 20억의 주민이 무슨 모임에서처럼 좀 좁혀 서기만 하면 가로 20마일, 세로 20마일의 광장 하나에 어렵지 않게 들어설 수 있을 것이다. 태평양의 가장 작은 섬 하나에 전 인류를 몰아넣을 수도 있으리라.

물론 어른들은 이 말을 믿지 않을 것이다. 그들은 자기들이 넓은 자리를 차지하고 있다고 생각한다. 자기들이 바오바브나무처럼 커다랗다고 생각한다. 그러니 그들에게 계산을 좀 해보라고 하는 게 좋겠다. 숫자를 존경하는 사람들이니 그냥 기뻐할 것이다. 그렇다고 여러분들까지 그 지루한 일에 시간을 허비할 것은 없다. 그럴 필요가 없다. 내 말을 믿으라.

어린 왕자는, 일단 지구에 내려섰는데, 도무지 사람이 하나도 보이지 않아 깜짝 놀랐다. 혹시 별을 잘못 찾아온 게 아닌가 벌써 걱정하고 있는데, 달빛의 고리가 모래 속에서 꿈틀거렸다.

「안녕.」 어린 왕자는 혹시나 하고 말했다.

「안녕.」 뱀이 말했다.

「내가 지금 어느 별에 떨어졌지?」 어린 왕자가 물었다.

「지구야, 아프리카야.」 뱀이 대답했다.

「아! ……그럼 지구엔 사람이 아무도 없니?」

「여긴 사막이야. 사막에는 아무도 없지. 지구는 크단다.」 뱀이 말했다.

어린 왕자는 돌 위에 앉아 눈을 들어 하늘을 바라보았다.

「나는 지금,」 그가 말했다, 「사람들이 어느 날 저마다 자기 별을 다시 찾을 수 있게 하려고 저렇게 별들이 반짝이는 것은 아닐까 하는 생각이 들어. 내 별을 봐. 바로 우리 머리 위에 있어……. 하지만 얼마나 먼 곳인데!」

「아름답구나.」 뱀이 말했다. 「여긴 뭐하러 왔니?」

「어느 꽃하고 말썽이 났어.」 어린 왕자가 말했다.

「아!」 뱀이 말했다.

그리고 그들은 말이 없었다.

「사람들은 어디 있니?」 마침내 어린 왕자가 다시 입을 열었다. 「사막은 좀 외롭구나…….」

「사람들이 사는 곳도 역시 외롭지.」 뱀이 말했다.

어린 왕자는 오랫동안 뱀을 바라보았다.

「너는 이상한 짐승이구나.」 마침내 그가 말했다. 「손가락같이 가느다랗고……」

「하지만 난 왕의 손가락보다도 더 힘이 세지.」 뱀이 말했다.

어린 왕자는 빙긋이 웃으며 말했다.

「네가 힘이 세다니…… 발도 없는데…… 여행도 할 수 없고……」

「나는 너를 배보다 더 멀리 데려갈 수 있어.」 뱀이 말했다.

그는 마치 금팔찌처럼 어린 왕자의 발목을 휘감았다.

「누구든지 내가 건드리기만 하면 자기가 태어난 땅으로 되돌아가지.」 그가 다시 말했다. 「그러나 넌 순수하고 또 별에서 왔으니까……」

어린 왕자는 아무 대답도 하지 않았다.

「너를 보니 애처롭구나. 이 화강암의 지구 위에서 너처럼 약한 애를 보니. 어느 날 네 별이 너무 그립거든, 내가 널 도와줄 수 있어. 내가 해줄 수……」

「오! 잘 알았어.」 어린 왕자가 말했다. 「그런데 너는 왜 늘 수수께끼로 말을 하니?」

「나는 그걸 모두 풀지.」 뱀이 말했다.

그리고 그들은 말이 없었다.

너는 이상한 짐승이구나, 손가락같이 가느다랗고……

18

　어린 왕자는 사막을 가로질렀으나, 단지 꽃 한 송이를 만났다. 꽃 잎을 셋 가진 꽃 한 송이, 아무것도 아닌 꽃 한 송이…….

「안녕.」 어린 왕자가 말했다.

「안녕.」 꽃이 말했다.

「사람들은 어디 있지?」 어린 왕자가 점잖게 물었다.

　그 꽃은 어느 날 대상(隊商)이 지나가는 것을 본 적이 있었다.

「사람들? 예닐곱쯤 있는 것 같아. 몇 년 전에 그들을 보았지. 하지 만 어디 가야 만날 수 있을지 전혀 알 길이 없어. 바람이 그들을 몰 고 다니지. 그들은 뿌리가 없어서 아주 곤란을 겪는 거야.」

「안녕히.」 어린 왕자가 말했다.

「안녕히.」 꽃이 말했다.

19

어린 왕자는 높은 산에 올라갔다. 그가 그때까지 알고 있던 산이라곤 무릎밖에 안 차는 화산 세 개뿐이었다. 거기다가 사화산은 걸상으로 쓰고 있었다. 그래서 그는 생각했다. 〈이렇게 높은 산에서라면 이 별 전체와 사람들을 한눈에 다 볼 수 있겠는데.〉 그러나 그는 뾰족뾰족한 바위 꼭대기밖에는 보지 못했다.

「안녕.」 그는 무턱대고 말을 했다.

「안녕…… 안녕…… 안녕……」 메아리가 대답했다.

「너희들은 누구냐?」 어린 왕자가 말했다.

「너희들은 누구…… 너희들은 누구…… 너희들은 누구……」 메아리가 대답했다.

「내 친구가 되어 줘. 난 외로워.」 그가 말했다.

「난 외로워…… 난 외로워…… 난 외로워……」 메아리가 대답했다.

그래서 그는 생각했다. 〈별 이상한 별이 다 있네! 아주 메마르고 아주 날카롭고 아주 각박한 별이야. 게다가 사람들은 상상력이 없어, 말을 해주면 그 말을 되풀이하고…….
내 별엔 꽃이 한 송이 있었지. 그 꽃은
언제나 먼저 말을 걸었는데……⟩

이 별은 아주 메마르고 아주 날카롭고 아주 각박한 별이야

20

그러나 어린 왕자는 사막과 바위와 눈을 헤치고 오랫동안 걸어서 마침내 길을 하나 발견하게 되었다. 길은 모두 사람들이 사는 곳으로 통한다.

「안녕.」 그가 말했다.

장미가 피어 있는 정원이었다.

「안녕.」 장미꽃들이 말했다.

어린 왕자는 그 꽃들을 바라보았다. 모두 자기 꽃과 닮은 꽃들이었다.

「너희들은 누구니?」 어린 왕자는 어리둥절해서 물어보았다.

「우리는 장미꽃이야.」 장미꽃들이 대답했다.

「아!」 어린 왕자가 말했다.

그는 자기가 매우 불행하다고 생각했다. 그의 꽃은 자기가 이 세상에서 같은 종류로는 단 한 송이의 꽃이라고 말했었다. 그런데 정원 하나에 이렇게 똑 닮은 꽃이 5천 송이나 있다니!

〈내 꽃이 이걸 보면 몹시 화가 나겠지……〉 어린 왕자는 속으로 말했다. 〈웃음거리가 되지 않으려고 큰 소리로 기침을 하고 죽는 시늉을 하겠지. 그럼 나는 할 수 없이 돌봐 주는 척해야겠지. 그러지 않으면 나까지 부끄럽게 만들려고 정말 죽어 버릴지 몰라……〉

그리고 그는 또 이렇게 생각했다. 〈나는 내가 세상에 하나밖에 없는 꽃을 가진 부자라고 생각했는데, 흔한 장미꽃 하나를 가졌을 뿐이야. 거기에다 무릎밖에 안 차는 화산 세 개, 그것도 하나는 영원히 꺼져 있을지도 모르는데, 그런 걸 가지고 어떻게 훌륭한 왕자가 되겠어……〉 그는 풀밭에 엎드려 울었다.

그는 풀밭에 엎드려 울었다

21

여우가 나타난 것은 바로 그때였다.

「안녕.」 여우가 말했다.

「안녕.」 어린 왕자는 얌전히 대답하고 고개를 돌렸지만 아무것도 보이지 않았다.

「여기 있어.」 그 목소리가 말했다. 「사과나무 밑에…….」

「넌 누구니?」 어린 왕자가 말했다. 「정말 예쁘구나…….」

「난 여우야.」 여우가 말했다.

「이리 와서 나하고 놀자.」 어린 왕자가 제안했다. 「난 아주 슬퍼…….」

「난 너하고 놀 수가 없어.」 여우가 말했다. 「난 길들여지지 않았거든.」

「아! 미안해.」 어린 왕자가 말했다.

그러나 곰곰이 생각해 보고 나서 덧붙였다.

「〈길들인다〉는 게 무슨 뜻이야?」

「넌 여기 애가 아니구나.」 여우가 말했다. 「넌 무얼 찾고 있니?」

「난 사람들을 찾아.」 어린 왕자가 말했다. 「〈길들인다〉는 게 무슨 뜻이야?」

「사람들은 총을 가지고 있고 사냥을 해. 정말 난처한 것들이야!
그들은 닭도 키우지. 그네들의 유일한 낙이야. 너는 닭을 찾니?」 여
우가 말했다.

「아니야.」 어린 왕자가 말했다. 「나는 친구들을 찾고 있어. 〈길들
인다〉는 게 무슨 뜻이야?」

「그건 모두들 너무나 잊고 있는 것이지.」 여우가 말했다. 「그건
〈관계를 맺는다〉는 뜻이야.」

「관계를 맺는다고?」

「물론이지.」 여우가 말했다. 「너는 아직 내게 세상에 흔한 여러 아
이들과 전혀 다를 게 없는 한 아이에 지나지 않아. 그래서 나는 네

가 필요 없어. 너도 역시 내가 필요 없지. 나도 세상에 흔한 여러 여
우들과 전혀 다를 게 없는 한 여우에 지나지 않는 거야. 그러나 네가
나를 길들인다면 우리는 서로 필요하게 되지. 너는 나한테 이 세상
에 하나밖에 없는 것이 될 거야. 나는 너한테 이 세상에 하나밖에 없
는 것이 될 거고⋯⋯.」

「알 것 같아.」 어린 왕자가 말했다. 「꽃이 하나 있는데⋯⋯ 그 꽃
이 나를 길들인 것 같아⋯⋯.」

「그럴 수 있지.」 여우가 말했다. 「지구 위엔 별의별 일이 다 있으
니까⋯⋯.」

「오! 지구에서가 아니야.」 어린 왕자가 말했다.

여우는 몹시 마음이 끌리는 것 같았다.

「그럼 다른 별에서야?」

「그래.」

「그 별에 사냥꾼이 있니?」

「없어.」

「그거 끌리는데! 그럼 닭은?」

「없어.」

「완전한 것은 없지.」
여우는 한숨을 내쉬었다.

그러나 여우는 자기
생각을 다시 이야기
했다.

「내 생활은 단조로워. 나는 닭을 쫓고, 사람들은 나를 쫓고. 닭들은 모두 그게 그거고, 사람들도 모두 그게 그거고. 그래서 난 좀 지겨워. 그러나 네가 날 길들인다면 내 생활은 햇빛을 받은 듯 환해질거야. 모든 발자국 소리와는 다르게 들릴 발자국 소리를 나는 듣게될 거야. 다른 발자국 소리는 나를 땅속에 숨게 하지. 네 발자국 소리는 음악처럼 나를 굴 밖으로 불러낼 거야. 그리고 저기, 밀밭이 보이지? 나는 빵을 먹지 않아. 밀은 내게 아무 소용이 없어. 밀밭을 보아도 떠오르는 게 없어. 그래서 슬퍼! 그러나 네 머리칼은 금빛이야. 그래서 네가 나를 길들인다면 정말 놀라운 일이 일어날 거야. 밀은, 금빛이어서, 너를 생각나게 할 거야. 그래서 나는 밀밭에 스치는 바람 소리를 사랑하게 될 거고…….」

여우는 입을 다물고 오랫동안 어린 왕자를 바라보았다.

「제발…… 나를 길들여 줘!」 여우가 말했다.

「그러고는 싶은데,」 어린 왕자가 대답했다, 「시간이 없어. 나는 친구들을 찾아야 하고 알아야 할 것도 많고.」

「자기가 길들인 것밖에는 알 수 없는 거야.」 여우가 말했다. 「사람들은 이제 어느 것도 알 시간이 없어. 그들은 미리 만들어진 것을 모두 상점에서 사지. 그러나 친구를 파는 상인은 없어. 그래서 사람들은 친구가 없지. 네가 친구를 갖고 싶다면, 나를 길들여 줘!」

「어떻게 해야 하는데?」 어린 왕자가 말했다.

「아주 참을성이 있어야 해.」 여우가 대답했다. 「처음에는 나한테서 조금 떨어져서 바로 그렇게 풀밭에 앉아 있어. 난 곁눈질로 너를 볼 텐데, 너는 말을 하지 마. 말은 오해의 근원이야. 그러나 하루하루 조금씩 가까이 앉아도 돼…….」

이튿날 어린 왕자가 다시 왔다.

「같은 시간에 왔으면 더 좋았을걸.」 여우가 말했다. 「가령 오후 4시에 네가 온다면 나는 3시부터 행복해지기 시작할 거야. 시간이 갈수록 난 더 행복해질 거야. 4시가 되면, 벌써, 나는 안달이 나서 안절부절못하게 될 거야. 난 행복의 대가가 무엇인지 알게 될 거야! 그러나 네가 아무 때나 온다면, 몇 시에 마음을 준비해야 할지 알 수 없을 거야……. 의례가 필요해.」

「의례가 뭐야?」 어린 왕자가 말했다.

「그것도 모두들 너무 잊고 있는 것이지.」 여우가 말했다. 「그건 어떤 날을 다른 날과 다르게, 어떤 시간을 다른 시간과 다르게 만드는 거야. 이를테면 사냥꾼들에게도 의례가 있지. 그들은 목요일이면 마을 처녀들하고 춤을 춘단다. 그래서 목요일은 경이로운 날이지! 나는 포도밭까지 산책을 나가지. 만일에 사냥꾼들이 아무 때나 춤을 춘다면 모든 날이 다 그게 그거고, 내게는 휴일이 없을 거야.」

이렇게 해서 어린 왕자는 여우를 길들였다. 그리고 이별의 시간이 다가왔을 때, 여우가 말했다.

「아! ……울음이 나올 것 같아.」

「그건 네 잘못이야. 난 너를 조금도 괴롭히고 싶지 않았는데, 네가 길들여 달라고 해서…….」 어린 왕자가 말했다.

「물론 그래.」 여우가 말했다.

「그런데 넌 울려고 하잖아!」 어린 왕자가 말했다.

「물론 그래.」 여우가 말했다.

「그럼 넌 얻은 게 아무것도 없잖아!」

「얻은 게 있지. 저 밀 색깔이 있으니까.」 여우가 말했다.

그리고 그는 덧붙였다.

「장미들을 다시 보러 가봐. 네 꽃은 이 세상에 단 하나란 걸 알게 될 거야. 이별의 인사를 하러 네가 다시 돌아오면, 선물로 비밀 하나를 알려 줄게.」

어린 왕자는 장미들을 다시 보러 갔다.

그는 꽃들에게 말했다. 「너희들은 내 장미를 전혀 닮지 않았어, 너희들은 아직 아무것도 아니야. 누구도 너희들을 길들이지 않았고, 너희들은 누구도 길들이지 않았어. 너희들은 옛날 내 여우와 같아. 수많은 다른 여우들과 다를 게 없는 여우 한 마리에 지나지 않았지. 그러나 내가 친구로 삼았고, 그래서 이제는 이 세상에서 단 하나밖에 없는 여우가 됐어.」

이 말에 장미꽃들은 난처했다.

「너희들은 아름다워, 그러나 너희들은 비어 있어.」 어린 왕자는 다시 말했다. 「아무도 너희들을 위해 죽을 수는 없을 거야. 물론 멋모르는 행인은 내 장미도 너희들과 비슷하다고 생각할 거야. 그러나 그 꽃 하나만으로도 너희들 전부보다 더 소중해. 내가 물을 준

88

가령 오후 4시에 네가 온다면 나는 3시부터 행복해지기 시작할 거야……

꽃이기 때문이야. 내가 유리 덮개를 씌워 준 꽃이기 때문이야. 내가 바람막이로 바람을 막아 준 꽃이기 때문이야. 내가 벌레를 잡아 준 꽃이기 때문이야(나비가 되라고 두세 마리만 남겨 놓고). 내가 불평을 들어 주고, 허풍을 들어 주고, 때로는 침묵까지 들어 준 꽃이기 때문이야. 그것이 내 장미이기 때문이야.」

그리고 그는 여우에게로 돌아왔다.
「잘 있어.」 그가 말했다.
「잘 가.」 여우가 말했다. 「내 비밀은 이거야. 아주 간단해. 마음으로 보아야만 잘 보인다. 중요한 것은 눈으로는 보이지 않는다.」
「중요한 것은 눈으로는 보이지 않는다.」 어린 왕자는 기억해 두려고 되풀이했다.
「네 장미를 그토록 소중하게 만든 건 네가 너의 장미에게 소비한 시간 때문이야.」
「나의 장미에게 소비한 시간 때문이야.」 어린 왕자는 기억해 두려고 되풀이했다.
「사람들은 이 진실을 잊어버렸어.」 여우가 말했다. 「그러나 너는 잊으면 안 돼. 네가 길들인 것에 너는 언제까지나 책임이 있어. 너는 네 장미한테 책임이 있어…….」
「나는 내 장미한테 책임이 있어…….」 어린 왕자는 기억해 두려고 되풀이했다.

22

「안녕하세요.」어린 왕자가 말했다.

「안녕.」전철수(轉轍手)가 말했다.

「아저씨 여기서 무얼 하세요?」어린 왕자가 물었다.

「나는 여행자들을 가르고 있지, 천 명씩 묶어서.」전철수가 말했다.「그들을 싣고 가는 기차를 어느 때는 오른쪽으로, 어느 때는 왼쪽으로 보내고 있지.」

그때 불을 환하게 켠 급행열차가 천둥 치듯 우르릉거리며 전철수의 경비실을 뒤흔들었다.

「저 사람들은 아주 바쁘군요.」어린 왕자가 말했다.「그들은 뭘 찾고 있죠?」

「기관사조차도 모른단다.」전철수가 말했다.

그러자 이번에는 반대편에서 불을 환하게 켠 두 번째 급행열차가 우르릉거렸다.

「그들이 벌써 되돌아오는 건가요?」어린 왕자가 물었다.

「같은 사람들이 아니란다.」전철수가 말했다. 「서로 자리를 바꾸는 거야.」

「살던 곳에서 만족하지 못했나요?」

「사람들은 사는 곳에서 결코 만족하는 법이 없지.」전철수가 말했다.

그러자 세 번째 급행열차가 불을 환하게 켜고 천둥소리를 냈다.

「이 사람들은 먼젓번 여행자들을 쫓아가는 건가요?」

「그들은 아무것도 쫓지 않는단다.」전철수가 말했다. 「그 안에서 잠을 자지 않으면 하품이나 잔뜩 하는 거지. 어린애들만이 유리창에 코를 박고 있어.」

「어린애들만 자기들이 뭘 찾는지 알고 있어요. 어린애들은 헝겊 인형에 시간을 바치고, 그래서 인형은 아주 중요한 것이 되는 거예요. 그걸 빼앗기면 소리 내어 울고……」어린 왕자가 말했다.

「어린이들은 운이 좋구나.」전철수가 말했다.

23

「안녕하세요.」 어린 왕자가 말했다.

「안녕.」 장사꾼이 말했다.

그는 목마름을 달래 주는 최신 개량 알약을 파는 사람이었다. 일주일에 한 알만 먹으면 다시 목이 마르지 않는다는 것이다.

「아저씨는 왜 이런 것을 팔죠?」 어린 왕자가 말했다.

「시간을 크게 절약할 수 있지.」 장사꾼이 말했다. 「전문가들이 계산을 했어. 일주일에 53분이 절약된단다.」

「그럼 그 53분으로 뭘 하지요?」

「자기가 하고 싶은 걸 하지…….」

〈나라면,〉 어린 왕자는 혼자 생각했다. 〈내가 그 53분을 써야 한다면, 아주 천천히 샘터로 걸어가겠다…….〉

24

　사막에서 비행기 고장이 일어난 지 여드레째 되는 날이었다. 나는 저장해 놓은 물의 마지막 한 방울을 마시면서 장사꾼에 대한 이야기를 듣고 있었다.

　「아!」 나는 어린 왕자에게 말했다. 「너의 지난 이야기는 정말 아름답구나. 그러나 난 비행기를 아직도 고치지 못했어. 마실 물도 없고. 나도 아주 천천히 샘터로 걸어갈 수 있다면 행복하겠다!」

　「내 친구 여우는……」 그는 나에게 말했다.

　「애야, 지금은 여우 이야기를 할 때가 아니야!」

　「왜?」

　「목이 말라 죽을 지경인데……」

　그는 내 설명을 이해하지 못하고 이렇게 대답했다.

　「죽는다고 해도 친구를 하나 가진 것은 좋은 일이야. 난 내 친구 여우를 가져서 기뻐……」

　〈이 애는 위험이 얼마나 큰지 짐작하지 못하는구나.〉 나는 그렇게

생각했다. 〈배고프지도 목마르지도 않고 햇빛만 조금 있으면 그만이니…….〉

그러나 그는 나를 바라보더니 내 생각에 대답을 했다.

「나도 목이 말라……. 우물을 찾으러 가요…….」

나는 내키지 않는 몸짓을 했다. 이 거대한 사막에서 무턱대고 물을 찾는다니 터무니없는 짓이다. 그러나 우리는 걷기 시작했다.

말없이 여러 시간을 걷고 나자, 어둠이 깔리고 별이 빛나기 시작했다. 나는 목마름 때문에 좀 열에 들떠 꿈결에서인 듯 그 별들을 바라보았다. 어린 왕자의 말이 내 기억 속에서 춤을 추었다.

「그럼 너도 목이 마르니?」 그에게 물어보았다.

그러나 그는 내 물음에 대답하지 않았다. 단지 이렇게 말했다.

「물은 마음에도 좋아…….」

나는 그의 대답을 알아듣지 못했지만 입을 다물었다……. 그에게 물어서는 안 된다는 것을 나는 잘 알고 있었다.

그는 지쳐 있었다. 그가 주저앉았다. 내가 그 곁에 주저앉았다. 잠시 말이 없더니 그가 입을 열었다.

「별들이 아름다워. 보이지 않는 꽃 한 송이가 있기 때문이야…….」

나는 〈물론〉이라고 대답하고 달빛 아래 주름을 짓고 있는 모래 언덕들을 말없이 바라보았다.

「사막이 아름다워.」 그가 덧붙였다.

사실이다. 나는 늘 사막을 좋아했다. 모래 언덕 위에 앉으면 아무것도 보이지 않고 아무 소리도 들리지 않는다. 그러나 정적 속에 빛나는 어떤 것이 있다…….

「사막이 아름다운 것은」 어린 왕자가 말했다, 「어딘가 우물을 숨기고 있기 때문이야…….」

나는 모래밭이 왜 그처럼 신비롭게 빛나는지 문득 깨달았다. 어렸을 때 나는 고가(古家)에서 살았다. 전해 오는 이야기로는 그 집에 보물이 묻혀 있다고 했다. 물론 아무도 그 보물을 발견하지 못했고, 어쩌면 찾으려 하지도 않았을 것이다. 그러나 그 보물이 우리 집 구석구석을 황홀하게 만들었다. 우리 집은 그 깊숙한 곳에 비밀을 감추고 있었다…….

「그래.」 어린 왕자에게 말했다. 「집이나 별이나 사막이나 그걸 아름답게 하는 것은 눈에 보이지 않는 것이야!」

「아저씨가 내 여우하고 같은 생각이어서 기뻐.」 그가 말했다.

어린 왕자가 잠이 들어 나는 그를 품에 안고 다시 길을 걸었다. 나는 감동했다. 부서지기 쉬운 보물을 안고 가는 것 같은 느낌이었다. 지구 위에 그보다 더 부서지기 쉬운 것은 없으리라는 느낌마저 들었다. 나는 달빛 아래서 그 창백한 이마, 그 감긴 눈, 바람에 흩날리는 그 머리칼을 바라보며 혼자 생각했다. 〈내가 여기 보고 있는 것은 껍질에 지나지 않아. 가장 중요한 것은 눈에 보이지 않아…….〉

그의 반쯤 벌린 입술에 어렴풋이 떠오르는 미소를 보고 나는 또 생각했다. 〈잠든 어린 왕자가 나를 이렇듯 감동하게 만드는 것은, 한 송이 꽃에 바치는 그의 성실한 마음 때문이다. 비록 잠이 들어도 그의 가슴속에서 등불처럼 밝게 타오르는 한 송이 장미꽃의 영상이 있기 때문이다……〉 그래서 나는 그가 더욱더 부서지기 쉽다는 걸 알아차렸다. 등불들을 잘 지켜야 한다. 한 줄기 바람에도 꺼질지 모르는…….

그리고 나는 이렇게 걸어가 동이 틀 무렵 우물을 발견했다.

25

「사람들은 부랴부랴 급행열차에 뛰어들지만 자기들이 찾는 게 무언지도 이제는 모르고 있어. 그래서 안절부절못하고 뱅뱅 도는 거야……」 어린 왕자는 말했다.

그리고 덧붙였다.

「그럴 필요가 없는데……」

우리가 찾아낸 우물은 사하라 사막의 여느 우물들과는 달랐다. 사하라 사막의 우물은 모래 속에 파인 구덩이일 뿐이다. 그 우물은 마을의 우물 같았다. 그러나 마을이라고는 전혀 없었기에 나는 꿈을 꾸는 것만 같았다.

「이상한데.」 어린 왕자에게 말했다. 「모두 마련되어 있잖아. 도르래랑 두레박이랑 밧줄이랑……」

그는 웃고 줄을 만지고 도르래를 잡아당겼다.

그러자, 바람이 오랫동안 잠들었다 일어났을 때 낡은 바람개비가 삐걱거리듯 도르래가 삐걱거렸다.

「아저씨, 들리지.」 어린 왕자는 말했다. 「우리가 우물을 깨웠더니 우물이 노래를 불러…….」

나는 그에게 힘든 일을 시키고 싶지 않았다.

「내가 하마.」 그에게 말했다. 「너한테는 너무 무겁다.」

천천히 나는 두레박을 우물의 둘레돌까지 들어 올려 넘어지지 않게 올려놓았다. 나의 귓속에서는 도르래의 노래가 계속 울렸고 여전히 출렁거리는 물 속에서 해가 출렁거리는 것을 나는 보았다.

「나는 이 물이 마시고 싶어.」 어린 왕자가 말했다. 「마시게 해줘…….」

그 말에 나는 그가 찾고 있던 것이 무엇인가를 알았다.

나는 두레박을 그의 입술까지 들어 올렸다. 그는 눈을 감고 마셨다. 명절이나 되는 것처럼 즐거웠다. 그 물은 보통 음료수와는 아주 다른 것이었다. 그 물은, 별빛을 받고 걸어온 발걸음과 도르래의 노래와 내 팔의 노력에서 태어났다. 그것은 선물처럼 마음을 흐뭇하게 했다. 내가 어린아이였을 때에도 이처럼 크리스마스트리의 불빛, 자정 미사의 음악, 다정한 미소들이 바로 내가 받은 크리스마스 선물을 빛나게 했다.

「아저씨네 별에 사는 사람들은,」 어린 왕자가 말했다, 「정원 하나에 장미를 5천 송이나 가꾸고 있어……. 그래도 거기서 자기들이 구하는 것을 찾지는 못해…….」

「찾지 못하지.」 내가 대답했다.

「하지만 자기들이 구하는 것을 장미꽃 한 송이에서도 물 한 모금에서도 찾을 수 있을 텐데…….」

그는 웃고 줄을 만지고 도르래를 잡아당겼다

「물론이야.」 내가 대답했다.

그리고 어린 왕자는 덧붙였다.

「하지만 눈은 장님이야. 마음으로 찾아야 해.」

나는 물을 마셨다. 숨이 가벼워졌다. 사막은 동이 틀 무렵이면 꿀과 같은 색깔이다. 나는 이 꿀 색깔에서도 행복을 느꼈다. 왜 공연히 마음을 괴롭혀야 한다는 말인가……

「아저씨는 약속을 지켜야 해.」 어린 왕자가 부드럽게 말했다. 그는 다시 내 옆에 앉아 있었다.

「무슨 약속?」

「알잖아요……. 양에게 씌워 줄 부리망 말이야……. 난 그 꽃에 책임이 있어!」

나는 주머니에서 초벌만 그린 그림들을 꺼냈다. 어린 왕자는 그걸 보고 웃으며 말했다.

「이 바오바브나무들, 꼭 배추 같다…….」

「오!」

바오바브나무를 그렇게도 자랑스럽게 여기고 있었는데!

「이 여우는…… 이 귀를 봐……. 꼭 뿔 같고…… 그리고 너무 길어!」

그리고 그는 또 웃었다.

「애야, 넌 공평하지 않아. 내가 그릴 줄 아는 것이라곤 속이 보이는 보아뱀과 속이 보이지 않는 보아뱀밖에 없지 않니.」

「오! 괜찮을 거야.」 그는 말했다. 「어린애들은 다 알아봐요.」

나는 그래서 부리망 하나를 연필로 그렸다. 그걸 어린 왕자에게 주려니 가슴이 메었다.

「너 나한테 숨기고 있는 계획이 있지…….」

그러나 그는 대답하지 않고 이렇게 말했다.

「있잖아, 내가 지구에 떨어진 지…… 내일이면 1년이야…….」

그리고 잠시 말이 없더니 다시 입을 열었다.

「내가 떨어진 곳이 이 근처야…….」

그리고 얼굴을 붉혔다.

또다시 나는 까닭도 모른 채 이상한 슬픔을 느꼈다. 그러면서도 한 가닥 의문이 생겼다.

「그럼 우연이 아니었구나? 여드레 전 내가 너를 알게 된 그날 아침, 사람들이 사는 땅에서 사방으로 수만 리나 떨어진 곳을 너 혼자 그렇게 돌아다녔던 것 말이야. 네가 떨어진 자리로 돌아가는 길이었구나?」

어린 왕자는 다시 얼굴을 붉혔다.

그래서 나는 망설이며 덧붙여 물었다.

「1년이 되어서 그런 거지?」

어린 왕자는 다시 얼굴을 붉혔다. 어린 왕자는 묻는 말에 결코 대답하지 않았다. 그러나 얼굴을 붉히면 〈그렇다〉는 뜻이 아닌가?

「아! 나는 두렵구나.」 내가 말했다.

그러나 그는 이렇게 대답했다.

「아저씨는 이제 일을 해야 하잖아. 기계 있는 데로 다시 가야 해.

나는 여기서 기다릴게. 내일 저녁에 다시 와요…….」

　그러나 나는 맘이 놓이지 않았다. 여우 생각이 났다. 자신을 길들이게 하고 나면 얼마큼은 울 염려가 있다.

26

우물 옆에는 무너지다 만 낡은 돌담이 있었다. 이튿날 저녁, 일을 하다가 돌아오던 나는 멀리서 어린 왕자가 그 위에 걸터앉아 다리를 늘어뜨리고 있는 것을 보았다. 그리고 그가 이렇게 말하는 소리를 들었다.

「그래 너 기억이 안 나니? 바로 이 자리는 아니야!」

틀림없이 그 말에 대답하는 다른 목소리가 있었다. 어린 왕자가 다시 이렇게 대꾸하는 것이 아닌가!

「아냐, 아냐! 날은 바로 그날이지만 장소는 여기가 아니야……」

나는 돌담을 향해 그대로 걸어갔다. 그때까지 아무것도 보이지 않았고 아무 소리도 들리지 않았다. 그런데 어린 왕자는 다시 대꾸를 하는 것이었다.

「……물론이야. 모래 위의 내 발자국이 어디서부터 시작됐는지 보면 알 거야. 거기서 나를 기다리기만 하면 돼. 내가 오늘 밤에 거기로 갈 거야.」

나는 담에서 20미터쯤 떨어져 있었는데, 그때까지 아무것도 보이지 않았다.

어린 왕자는 잠시 말이 없더니 다시 얘기를 했다.

「네가 가진 독은 좋은 거니? 오래 아프게 하지 않을 자신 있니?」

나는 가슴이 조여 발을 멈추었다. 나는 그때까지도 영문을 모르고 있었다.

「이제 너는 가봐.」 그가 말했다. 「내려가야겠어!」

그때서야 나는 담 밑을 내려다보곤 펄쩍 뛰었다! 거기, 30초 안에 우리를 끝장낼 수 있는 저 노랑 뱀 하나가 어린 왕자를 향해 대가리를 쳐들고 있지 않은가. 나는 권총을 꺼내려고 주머니를 뒤지며 뛰어갔지만, 내 발소리에 뱀은 잦아드는 분수처럼 천천히 모래 속으로 스며들더니, 별로 서두르지도 않고 가벼운 쇳소리를 내며 돌 틈으로 교묘히 사라졌다.

나는 담 밑에 이르는 바로 그 순간 눈처럼 창백한 내 꼬마 왕자를 겨우 품에 받아 안을 수 있었다.

「어떻게 된 거야! 이젠 뱀하고 이야길 다 하고!」

나는 언제나 변함없는 그의 금빛 목도리를 풀어냈다. 나는 그의 관자놀이를 적셔 주고 물을 먹여 주었다. 이제는 그에게 감히 아무 말도 물을 수 없었다. 그는 나를 엄숙하게 바라보더니 두 팔로 내 목을 끌어안았다. 그의 가슴이 총에 맞아 죽어 가는 새 가슴처럼 뛰는 것을 느꼈다. 그는 말했다.

「아저씨가 비행기에 무엇이 고장 났는지 알아내서 참 기뻐. 아저

이제 너는 가봐, 내려가야겠어!

씨는 집에 갈 수 있을 거야……」

「어떻게 알았니!」

나는 비행기 수리에 뜻밖에도 성공했다는 그 말을 막 하려던 참이었다!

그는 내 물음에는 대답도 않고 이렇게 덧붙였다.

「나도 오늘 내 집으로 돌아가……」

그러고는 우울하게,

「훨씬 더 멀고…… 훨씬 더 어려워……」

나는 무언가 심상찮은 일이 일어나고 있다고 느낄 수 있었다. 나는 그를 어린애처럼 품에 끌어안고 있었지만, 내가 어떻게 붙잡아 볼 수도 없이 끝없는 구멍 속으로 곧장 떨어져 내려가고 있는 것만 같았다…….

그는 진지한 눈빛으로 먼 데를 바라보고 있었다.

「나는 아저씨가 준 양이 있어. 그리고 양을 넣어 둘 상자가 있고, 또 부리망도 있고……」

그리고 그는 우울하게 웃었다.

나는 오랫동안 기다렸다. 나는 그의 몸이 점점 따뜻해지는 것을 느꼈다.

「애야, 너 무서웠지……」

그는 무서웠다, 물론이다! 그러나 그는 상냥하게 웃으면서 말했다.

「오늘 저녁이 훨씬 더 무서울 거야……」

돌이킬 수 없다는 느낌에 나는 다시 온몸이 오싹해졌다. 그리고 이 웃음소리를 다시는 들을 수 없으리라는 생각에 내가 힘겨워한다는 것을 나는 그때 깨달았다. 그 웃음소리는 나에게 사막의 샘과 같았다.

「얘야, 네 웃음소리를 다시 듣고 싶구나……」

그러나 그는 내게 말했다.

「오늘 밤이면 꼭 1년이야. 내가 떨어졌던 바로 그 자리 위에 내 별이 나타날 거야……」

「얘야, 그게 다 못된 꿈이 아니니? 뱀 이야기니, 뱀하고의 약속이니, 별 이야기니……」

그러나 그는 내 물음에는 대답하지 않고 이렇게 말했다.

「중요한 건 눈에 보이지 않아……」

「물론이지……」

「꽃도 마찬가지야. 아저씨가 어떤 별에 있는 꽃 하나를 사랑한다고 해봐. 그럼 밤에 하늘만 바라봐도 아늑해지지. 어느 별에나 다 꽃이 피지.」

「물론이지……」

「물도 마찬가지야. 아저씨가 마시게 해준 물은 무슨 음악 같았어. 도르래랑 밧줄이랑…… 그것들 때문이야……. 아저씨도 생각나지……. 참 좋았어.」

「물론이지……」

「아저씨는 밤에 별을 쳐다볼 거야. 내 별은 너무 작아서 어디 있는지 가르쳐 줄 수가 없어. 그게 오히려 잘된 거야. 내 별은 아저씨에게 여러 별 가운데 어느 한 별일 거야. 그러면 어느 별을 바라봐도 다 좋을 거야……. 어느 별이나 다 아저씨 친구가 될 거야. 그리고 아저씨한테 선물을 하나 줄게…….」

그는 또 웃었다.

「아! 얘야, 얘야, 그 웃음소리가 듣기 좋구나!」

「바로 이게 내 선물이 될 거야……. 물도 마찬가지고…….」

「무슨 말을 하는 거니?」

「사람들에겐 별이라고 해서 다 똑같은 별은 아니야. 여행을 하는 사람들에겐 별이 길잡이일 거고, 어떤 사람들에겐 작은 빛에 지나지 않을 거야. 학자들이라면 별을 문젯거리로 생각하겠지. 내가 만난 사업가한텐 별은 황금이야. 그러나 별은 말이 없어. 아저씨가 보는 별은 다른 사람들하곤 좀 다를 거야…….」

「무슨 말을 하는 거니?」

「아저씨가 밤에 하늘을 바라볼 때면, 내가 그 별들 중의 어느 별에서 살고 있을 테니까, 그 별들 중의 어느 별에서 웃고 있을 테니까, 아저씨에겐 모든 별들이 웃고 있는 것으로 보일 거야. 아저씨는 웃을 줄 아는 별들을 가지게 되는 거지!」

그리고 그는 또 웃었다.

「그리고 아저씨는 슬픔이 가라앉으면(슬픔은 언제고 가라앉아) 나를 알았다는 게 기쁠 거야. 아저씨는 언제까지나 내 친구일 거고, 나와 함께 웃고 싶을 거야. 그래서 가끔 이렇게 재미로 창문을 열 거야. 그럼 아저씨 친구들은 아저씨가 하늘을 쳐다보며 웃는 걸 보고

110

깜짝 놀랄 거야. 그럼 아저씬 이렇게 말할 거야.〈그래, 나는 별을 보면 늘 웃음이 나와!〉그럼 아저씨가 미친 줄 알 거야. 내가 아저씨한테 너무 심한 장난을 한 것 같은데…….」

그리고 그는 또 웃었다.

「별 대신에 웃을 줄 아는 작은 방울을 한 아름 가져다준 것이나 마찬가질 거야…….」

그리고 그는 또 웃었다. 이내 그는 정색을 했다.

「오늘 밤은…… 정말이야, 아저씨…… 오지 마…….」

「나는 네 곁을 떠나지 않겠다.」

「내가 아파하는 것처럼 보일 거야……. 어쩌면 죽는 것처럼 보일 거야. 그런 거야. 그걸 보러 오지 마. 그럴 필요가 없어…….」

「나는 네 곁을 떠나지 않겠다.」

그러나 그는 걱정스러운 빛이었다.

「내가 이런 말을 하는 것은…… 뱀 때문이기도 해. 아저씨가 물리면 어떻게 해……. 뱀은 심술쟁이야. 장난삼아 물지도 몰라…….」

「나는 네 곁을 떠나지 않겠다.」

그러나 무언가 그는 안심이 되는 모양이었다.

「하기야 두 번째 물 때는 독이 없다니까…….」

그날 밤 나는 그가 떠나는 것을 보지 못했다. 그는 소리 없이 빠져나갔다. 내가 그를 따라잡았을 때 그는 망설이지 않고 빠른 걸음으로 걷고 있었다. 그는 이렇게만 말했다.

「아! 아저씨구나……」

그리고 그는 내 손을 잡았다. 그러나 그는 또다시 걱정을 했다.

「아저씨는 잘못한 거야. 마음이 아플 거야. 내가 죽는 것처럼 보이겠지만 정말 그런 건 아니야……」

나는 아무 말도 하지 않았다.

「아저씨도 알 거야. 거긴 너무 멀어. 이 몸뚱이를 가지고 갈 수는 없어. 너무 무거워.」

나는 아무 말도 하지 않았다.

「그러나 그건 벗어 버린 낡은 껍데기나 같을 거야. 낡은 껍데기가 슬플 건 없잖아요…….」

나는 아무 말도 하지 않았다.

그는 잠시 기운을 잃었다. 그러나 다시 안간힘을 썼다.

「참 포근할 거야, 아저씨도 알잖아. 나도 별들을 바라볼 거야. 별들이 모두 녹슨 도르래를 달고 있는 우물이 될 거야. 별들이 모두 내게 마실 물을 부어 줄 거야…….」

나는 아무 말도 하지 않았다.

「정말 즐거울 거야! 아저씨는 방울이 5억 개나 있고 나는 샘이 5억 개나 있고…….」

그리고 그도 말이 없었다. 울고 있었던 것이다.

「여기야. 혼자 한 걸음만 내딛게 놔줘요.」

그리고 그는 앉았다. 무서웠던 것이다. 그가 다시 말했다.

「알잖아…… 내 꽃……. 나는 꽃에 책임이 있어! 게다가 그 꽃은 너무 약해! 그렇게도 순진하고, 세계와 맞서 제 몸을 지킨다는 게 네 개의 가시밖에는 없어…….」

나는 더 이상 몸을 가눌 수가 없어 주저앉았다. 그가 말했다.

「봐요…… 끝났어요…….」

그는 또 잠깐 망설이더니 다시 일어섰다. 그가 한 걸음을 내디뎠다. 나는 움직일 수가 없었다.

그의 발목께서 노란빛이 반짝하는 것뿐이었다. 그는 한순간 움직

이지 않고 서 있었다. 비명을 지르지 않았다. 그는 나무가 넘어지듯
천천히 넘어졌다. 모래밭이라 소리조차 없었다.

27

그리고 지금은 벌써 여섯 해 전의 일이 되었다……. 나는 이 이야기를 아직까지 해본 적이 없다. 나를 다시 만난 친구들은 내가 살아 돌아온 것을 보고 몹시 기뻐했다. 나는 슬펐지만 그들에겐 〈피곤해서 그래……〉라고 말했다.

이제는 슬픔이 다소 가라앉았다. 다시 말해서…… 완전히 가라앉은 것은 아니다. 그러나 나는 그가 자기 별로 돌아갔다는 것을 잘 알고 있다. 해 뜰 무렵에 보니 그의 몸뚱이는 사라지고 없었다. 그렇게 무거운 몸뚱이가 아니었는지……. 그래서 나는 밤마다 별들에게 귀 기울이기를 좋아한다. 별들은 5억 개의 방울과 같다…….

그런데 엄청난 일이 일어난 것이다. 어린 왕자에게 그려 준 부리망에 나는 잊어버리고 가죽끈을 달아 주지 않았던 것이다! 그걸 양에게 씌워 줄 수 없었을 것이다. 그래서 나는 속으로 생각한다. 〈그의 별에서 무슨 일이 일어난 것은 아닐까? 어쩌면 양이 꽃을 먹어 버리지나 않았는지…….〉

그는 나무가 넘어지듯 천천히 넘어졌다

때로는 이렇게 생각한다. 〈그럴 리가 없어! 어린 왕자는 밤마다 꽃을 유리 덮개 밑에 잘 넣어 두고 양을 단단히 감시할 거야……〉 그러면 나는 행복해진다. 그리고 모든 별들은 조용히 웃는다.

때로는 이렇게 생각한다. 〈어쩌다 방심을 할지도 몰라. 그럼 끝장이야! 하루 저녁 유리 덮개를 잊어버리거나 밤중에 양이 소리 없이 빠져나가기라도 한다면……〉 그러면 방울들은 모두 눈물로 변한다!

이것은 크나큰 수수께끼다. 어린 왕자를 역시 사랑하는 여러분들에게나 나에게나 알지 못하는 어떤 양이 알지 못할 어디에선가 장미한 송이를 먹었느냐 먹지 않았느냐에 따라 천지가 온통 달라지고마니…….

하늘을 바라보라. 그리고 마음속으로 물어보라. 양이 그 꽃을 먹었을까, 먹지 않았을까? 그러면 모든 것이 얼마나 달라지는지 알게될 것이다…….

그런데 어느 어른도 이게 그토록 중요하다는 것을 결코 이해하지 못하리라!

이것은 나에게 이 세상에서 가장 아름답고 가장 슬픈 풍경이다. 앞면의 풍경과 같은 풍경이지만, 여러분에게 똑똑히 보여 주기 위해 이걸 다시 한 번 그렸다. 어린 왕자가 이 땅에 나타났다가 사라진 곳이 바로 여기다.

　어느 날 아프리카의 사막을 여행하게 되면 이곳을 확실히 알아볼 수 있도록 이 풍경을 자세히 보아 두라. 그리고 이곳을 지나가게 되거든 제발 서두르지 말고 바로 별 아래서 잠시 기다리라! 그때 한 아이가 여러분에게 다가오면, 그 애가 웃고, 그 애의 머리가 금발이면, 물어도 그 애가 대답하지 않으면, 그 애가 누구인지 여러분은 잘 알리라. 그때는 친절을 베풀어 달라. 이다지도 슬퍼하는 나를 그대로 버려두지 말고, 이내 편지를 보내 달라. 그 애가 돌아왔노라고…….

어른들을 위한 『어린 왕자』 해설
뱀과 여우

『어린 왕자』에 대한 이 해설은 어른들을 위한 것이다. 이 책에 어른들을 위한 해설밖에 없는 것은 어린이들을 가볍게 여겨서가 아니다. 오히려 그 반대다. 어린이들은 보아뱀의 겉모습을 보고 그 속을 알 수 있는 능력이 있기에 사실 이런 해설이 필요 없다. 그래서 이 해설은 나처럼 우둔한 어른이 다른 우둔한 어른들을 생각하며 쓴 것이다. 다만 어린이들을 지루하지 않게 하기 위해 해설은 짧게 쓸 것이며, 이미 다른 책에서 했던 이야기들을 다시 반복하지 않을 것이다. 어린이들은 불안하게 생각하지 않아도 된다.

생텍쥐페리의 『어린 왕자』는 뱀에 대한 이야기로 시작된다. 뒷날 비행사가 되고 어린 왕자를 만나게 될 이 소설의 화자는 여섯 살 소년이었을 적에 보아뱀 한 마리가 맹수를 삼키고 있는 그림을 보고 크게 감명을 받았다. 그래서 그도 그림을 그렸다. 마침내 성공한 그림이 코끼리를 통째로 삼키고 몸이 불룩해진 보아뱀이었다. 그러나

이 걸작 속에서 모자밖에 다른 것을 발견하지 못하는 어른들을 위해 그는 〈속이 보이는 보아뱀〉을 다시 그려야 했다. 이 두 그림이 그의 운명을 결정했다. 그는 자신의 첫 번째 그림을 이해하는 어른들을 만나고 싶어 했지만, 만날 수 없었고, 늘 두 번째 그림이 필요했다. 보아뱀의 속을 제힘만으로는 투시할 줄 모르는 사람들 속에서 그는 외롭게 살아야 했던 것이다.

어린 왕자는 그가 만난 사람들 가운데 두 번째 그림이 필요 없었던 유일한 사람이다. 다른 별에서 온 이 아이는 단순한 선에서 뱀을 알아보고, 그 속을 뚫고 들어가 코끼리를 발견한다.

그러나 이 동화에는 다른 방식으로 나타나는 또 하나의 뱀이 있다. 어린 왕자가 지구에, 아프리카에, 사막에 발을 내려놓고 나서 처음 만난 생물은 바로 뱀이었다. 자기 별로 돌아가고 싶었을 때 그는 이 뱀에게 도움을 청했으며, 그래서 그가 지상에서 마지막으로 접촉한 생명도 이 뱀이었다. 이야기의 구조에서 이 뱀의 역할은 매우 중요하지만, 그것은 동화 전체의 주제를 대표하는 여우의 강력한 인상에 압도되어 주목을 받지 못한다.

세상의 물정을 깊이 알고 어떻게 살아야 할지를 조리 있게 말할 수 있는 여우는 현자의 모습을 지니고 있다. 그는 길들인다는 것이 무엇인지에 대해 가르쳐 주고, 그 가르침을 실습한다. 인간은 자기가 공들여 일구고 가꾼 것들과만 진정한 관계를 맺을 수 있고, 이 관계를 통해서만 자기 존재를 확장할 수 있다. 일만 사람을 알고 지내고, 일만 가지 물건을 소유하고 있어도, 그 가운데 어느 것 하나도 자신이 마음과 노력을 부어 길들인 것이 아니라면, 그 사람은 이 세상을 살았다고 할 수 없는 것이다. 그는 일만 사람을 바쁘게 만나고 일만 가지 물건을 숨차게 끌어모았지만, 누구에게도, 어느 물건에도, 자기가 살아온 삶의 시간을 새겨 두지 못했기 때문이다. 일만 사람은 그 사람을 기억하지 않을 것이며, 일만 가지 물건은 그 사람에 대한 기억을 불러일으키지 않을 것이다. 그는 생애 내내 눈앞의 보자기보다 더 적은 시간밖에는 가지지 못할 것이다. 그가 눈을 감으면 그 시간은 꺼져 버릴 것이다.

어린 왕자가 지구에 도착하기 전에 만난 사람들, 왕, 허영쟁이, 술꾼, 사업가 같은 사람들이 모두 이에 해당한다. 왕은 세상 만물을 명령하는 자신과 명령받는 타자로 구분한다. 그는 세상의 어떤 사람, 어떤 물건과도 진정한 관계를 맺지 않는다. 허영쟁이에게도 세상은 자신과 자신을 찬양하는 사람밖에 존재하지 않는 곳이다. 그는 자기 아닌 사람들을 단 한 번도 이해해 보려 하지 않는다. 술꾼은 자기 아닌 모든 것에 무관심하다. 그는 자기 밖으로 빠져나갈 수 없기에 자신의 순환 논리에서도 벗어날 수 없다. 사업가는 소유관계로만 세상을 파악한다. 그에게는 세상이 자기 것과 자기 것이 아닌 것으로 갈라져 있지만, 자기가 소유한 것에 한 번도 정성을 쏟아 본 적이 없다. 그들은 아무것도 사랑하지 않으며, 사랑한다는 것이 무엇인지 모른다. 지리학자에 대해서도 같은 말을 할 수 있을 것이다. 그에게 세상 만물은 지식의 대상이지만, 그 물건 하나하나를 직접 만나 본 적은 없다. 그는 알 뿐, 사랑하지 않는다. 여우가 말하는

〈길들인다〉는 것은 자기 아닌 것과 관계를 맺으며, 자신을 그것의 삶 속에, 그것을 자신의 삶 속에 있게 하는 일이다. 존재가 세상에 진정한 뿌리를 내리게 하는 것은 권력이나 소유나 명성이 아니라 이 길들임이라는 것은 말할 것도 없다.

　여우가 시간에 대한 설명을 통해 〈의례〉에 대한 설명을 하는 것은 당연한 일이다. 의례란 〈어떤 시간을 다른 시간과 다르게 하고, 어떤 날을 다른 날과 다르게 하는 것〉이다. 확실히 설날은 다른 날과 다르다. 그날은 분홍 한복 저고리를 입고 있는 나를 내가 용서할 수 있다. 내 삶의 시간에 조상들의 시간이 들어와 섞인, 비범한 시간 속에 내가 들어앉아 있기 때문이다. 이 시간의 권능 속에서라면 나는 어떤 괴상한 너울도 둘러쓸 수 있고, 어떤 하찮은 물건에도 절을 할 수 있다. 그것들은 너울이나 물건이 아니라 내 조상들의 기억과 시간이며, 내 무의식의 시간이기 때문이다. 그런데 도시의 삶에서는 그 일이 쉽지 않다. 그런 시간을 이 도시에서 경험한다는 것은 흔한 일이 아니다. 어떤 영검도 아파트의 신발장 근처까지 걸어 들어올 수는 없다는 것을 도시민들은 잘 알고 있다. 이곳에는 벌써 새 버전이 나와 폐기되는 낡은 버전은 있어도 기억을 지닌 물건은 없다. 어쩌다 손에 들어온 골동품이라 할지라도 사정은 다르지 않다. 그것은 제 깊은 시간을 이를 악물고 끌어안은 채, 책장 한구석에 권태롭게 놓여 있다. 우리는 옛날에 어떤 이상한 시간이 있었음을 아는 것만으로 스스로를 대견하다고 여긴다. 우리는 아마도 해를 넘긴 컴퓨터처럼 폐기될 것이다. 생텍쥐페리는 사막에 관해 말했지만, 그 사막은 바로 이 도시를 일컫는 말이었으리라.

여우는 제 친구에게 떠나온 별로 다시 돌아가야 한다고 설득할 수는 있었지만, 어떻게 돌아가야 할 것인가는 말해 주지 않았다. 어린 왕자는 뱀의 힘을 빌렸다. 뱀은 어린 왕자에게 무엇이었을까.

어린 왕자가 뱀을 처음 만났을 때 함께 있던 시간은 길지 않았다. 대화보다는 침묵이 더 길었다. 왕자가 자기 별을 가리키며 아름답다고 말했을 때, 뱀도 동의했다. 그리고 왜 그의 별을 떠나왔느냐고 물었다. 어떤 꽃과 다툼이 있었다고 대답하자, 뱀은 〈아〉라고 짧게 응수할 뿐이었다. 뱀은 소년의 말을 알아듣지만 이를 드러내지는 않는다. 뱀은 누구든지 자기가 건드리기만 하면 그가 〈태어난 땅으로〉 다시 돌아가게 된다며, 어린 왕자가 자기 별을 정말로 그리워하면 그를 도와줄 수도 있다고 제안한다. 자기가 태어난 땅으로 돌아간다는 것은 물론 죽는다는 말이다. 그의 말은 여우의 말처럼 이해해야 할 말이 아니라 〈해석해야 할 말〉이다. 그것은 감동해야 할 종류의 말이 아니다. 말하자면 그것은 작품이 아니라 텍스트이다. 현자의 말이 아니라 비평가의 말이다.

어린 왕자는 여우의 종합으로부터 비밀한 지혜를 얻었지만, 결단의 시간이 다가오자, 그 실천을 위해서 뱀의 분석을 선택했다. 오두막보다 더 크지 않은 별에 살던 이 우주의 시골뜨기는 벌써 권력자와 상인, 염세가와 허영쟁이를 만났고, 착실한 공무원과 학자를 만났다. 어린 왕자는 그들이 어떻게 소외되어 있는가를 알게 되었지만, 그 자신도 더 이상 천진난만한 상태에 머물러 있는 것은 아니었

125

다. 세상은 사랑으로 가득 차 있는 것이 아니라, 사랑이 요청되는 사막이며, 그 사랑은 긴 시간을 거쳐 공들여 만들어져야 한다는 깨달음이, 그가 긴 편력 끝에 순진함을 지불하고 얻은 소득이었다. 그는 줄로 엮은 철새들에 매달려 별들 사이를 이동하여 지구에까지 왔지만, 이미 세상의 물정을 아는 그에게 이 불확실한 목가적 여행 수단이 더 이상 가능한 것일 수 없었다. 그는 뱀에게 물리기로 결심했다. 극단적으로 과격한 이 귀향의 방법은 분석적인 만큼 확실하고 효과적이다.

분석의 말은 습관을 넘어선 곳에서 만들어지는 말이며, 그래서 충격의 말이다. 사랑으로만 권태를 치료할 수 있을 때, 또는 사랑이 필요하다는 말까지 권태롭다는 말의 다른 표현일 때, 충격은 거의 유일한 처방이다. 충격은 길들이기가 아니며, 시간을 바치는 일이 아니다. 충격은 관계를 만들지 않는다. 그러나 충격은 허위의 관계가 벗겨진 곳에서 진정한 관계를 드러낸다. 그것은 시간의 얇은 보자기가 찢어진 곳에서 시간의 신비로운 깊이를 판다. 어린 왕자는 이 순간의 깊이를 타고 제 별로 갔다.

현재 한국에는 1백여 종이 넘는 『어린 왕자』가 출간되어 있다. 나는 『어린 왕자』를 네 번 고쳐 번역하면서, 한국어 결정판 『어린 왕자』를 상재하겠다는 생각을 내내 지니고 있었지만, 한편으로는 번역에 결정판 같은 것은 없다고도 생각했고, 어른의 언어로 어린이의 세계를 건너가기 어렵다는 생각도 했다. 그러나 〈무리하게〉 자연스럽게 옮기지도 말고, 어린이들의 독서력을 얕잡아 보지도 말고, 저자가 썼던 대로 옮겨 오면 어린이들의 세계에 마침내 접근할 수 있다는 생각도 하게 되었다. 이 번역은 때때로 〈엄숙하게〉 말할 줄 아는 어린이들을 위한 것이다.

황현산

앙투안 드 생텍쥐페리 연보

1900년 출생 6월 29일 프랑스 리옹에서 아버지 장 드 생텍쥐페리와 어머니 마리 부아예 드 퐁스콜롱브 사이에서 셋째로 태어남. 형제자매 중 위로는 마리 마들렌, 시몬이 있으며, 아래로는 프랑수아와 가브리엘이 있음. 귀족 출신 집안에서 다섯 형제자매들과 풍족한 생활을 보냄.

1904년 4세 아버지 장 드 생텍쥐페리 사망.

1909년 9세 가족과 함께 아버지의 고향인 르망에 정착. 10월 노트르담 드 생트 크루아 학교에 입학.

1912년 12세 여름방학을 앙베리외에서 보내며, 조종사 베드린과 함께 앙베리외 비행장에서 생애 최초로 하늘을 나는 경험을 하게 됨.

1914년 14세 10월 동생 프랑수아와 함께 빌프랑슈 쉬르 손에 있는 몽그레 학교에 입학. 3개월 후 스위스로 전학.

1917년 17세 남동생 프랑수아 사망. 해군사관학교에 들어가기 위하여 보쉬에 학교와 생 루이 고등학교에서 수학.

1919년 19세 6월 해군사관학교 구두시험에서 탈락. 10월 파리 미술학교 건축학부에 들어감.

1921년 21세 4월 스트라스부르의 전투 비행단 제2연대에서 군 복무 시작. 처음에는 비행기를 수리하는 임무를 맡다가 개인 교습으로 군대에서 비행기 조종법을 배움. 같은 해 말 사관생도로서 카사블랑카로 전속 배치되어 1922년 2월까지 군 복무 수행.

1922년 22세　파리의 부르제에서 공군 2년차 군 복무 마침. 이곳에서 항공술 숙달. 12월 23일 민간인 조종사 자격증을 받음.

1923년 23세　1월 부르제에서 첫 비행 사고를 겪고 두개골에 부상을 입음. 직업 공군이 되라는 제의를 받았으나 포기하고 사무원으로 일하게 됨. 루이즈 드 빌모랭과 약혼을 하나, 9월에 약혼녀 측에서 파혼을 알려 옴.

1924년 24세　1년 전부터 일하던 튈르리 사무소를 떠나 자동차 공장의 외판원으로 일하게 됨. 일을 하면서 문학에 온 정력을 기울임.

1926년 26세　4월 잡지 『르 나비르 다르장*Le Navire d'Argent*』에 단편소설 「비행사Aviateur」 게재. 11월 라테코에르 항공사에 취직.

1927년 27세　바셰, 메르모즈, 에티엔, 기요메, 레크리뱅 등과 함께 툴루즈-카사블랑카, 이어 다카르-카사블랑카 노선의 항공 우편 업무를 담당. 같은 해 말, 모로코 쥐비 곶 기항지 책임자로 부임. 이곳에서 체류하며 『남방 우편기*Courrier Sud*』 집필.

1928년 28세　프랑스로 귀국하여 갈리마르 출판사에서 『남방 우편기』 출간. 브레스트에서 항공 운항 고등 교육을 받은 뒤 학위 취득. 9월 남미에서 일하는 메르모즈와 기요메의 초청으로 부에노스아이레스로 향함.

1929년 29세　아에로포스탈 아르헨티나사의 영업 부장으로 근무하게 됨.

1930년 30세　4월 민간 항공 업무에 봉사한 대가로 레지옹 도뇌르 훈장 수훈. 6월 안데스 노선을 가로지르던 중 절친한 동료 기요메가 눈보라에 갇혀 실종됨. 생텍쥐페리는 기요메를 찾아 5일간 헤매지만, 결국 찾지 못함. 6월 30일 기요메의 생환 소식이 전해지고, 생텍쥐페리는 그를 멘도사로 이송.

1931년 31세　1월 탈고한 『야간 비행*Vol de Nuit*』 원고를 들고 파리로 귀국. 3월 아에로포스탈 해산. 대표 사임 후, 존경하던 상사인 디디에 도라를 따라 생텍쥐페리 및 몇몇 동료들 모두 사임. 4월 아게에서 콘수엘로 순신과 결혼.『야간 비행』출간 후 12월에 이 작품으로 페미나상 수상.

1933년 [33세] 프랑스 전 항공사가 통합되어 에어 프랑스사 창설.

1934년 [34세] 7월 에어 프랑스 소속으로 사이공 임무 수행.

1935년 [35세] 4월「파리 수아르Paris Soir」지 특파원으로 모스크바로 파견됨. 기사를 써서 대중에게 큰 호응을 받음. 12월 그의 비행기인 시문 기를 타고 파리-사이공 간 비행시간 신기록을 세우기로 함. 이에 따라 12월 29일 아침 7시에 부르제 공항을 떠나 이집트로 출발. 카이로 도착 2백 킬로미터 전, 리비아 사막에 불시착. 5일 동안 사경을 헤매며 걸은 뒤, 한 대상에게 발견되어 극적으로 구조됨. 이후 며칠간 카이로에 머문 뒤 파리로 귀환.

1937년 [37세] 4월「파리 수아르」지 특파원으로 스페인 내전의 전선을 취재함. 9월 항공부 장관에게 자신의 시문 기로 뉴욕-티에라델푸에고 항로를 탐사할 것을 제안하여 수락받음.

1938년 [38세] 2월 뉴욕에서 이륙. 과테말라에서 속도 부족으로 이륙 시 추락. 이로 인해 심각한 부상을 입고 뉴욕으로 호송되어 치료를 받음. 7월 앤 린드버그의 책『바람이 불다Le vent se lève』의 서문을 씀.

1939년 [39세] 2월『인간의 대지Terre des Hommes』출간. 같은 해 6월 미국에서 이 책이 〈바람과 모래와 별들Wind, Sand and Stars〉이라는 제목으로 출간되어 〈이달의 책〉으로 선정됨. 아카데미 프랑세즈의 소설 부문 대상을 수상. 제2차 세계 대전 발발. 9월 2일 프랑스와 영국은 독일에 전쟁을 선언하고, 4일 생텍쥐페리는 툴루즈에서 교관으로 동원됨. 하지만 전쟁에 참여하고 싶었던 생텍쥐페리는 11월 2/33 정찰 부대로 배치됨.

1940년 [40세] 6월 22일 휴전 협정. 동원 해제된 생텍쥐페리는 아게에 정착하여 『성채Citadelle』집필을 시작. 11월 기요메의 사망 소식이 전해짐. 12월 뉴욕에 정착.

1942년 [42세] 미국에서 〈아라스로의 비행Flight to Arras〉이라는 제목으로『전시 조종사Pilote de guerre』의 영문판 출간. 같은 해 프랑스에서도 이 책이 출간되나, 점령 독일군 당국에 의해 1943년에 금서로 지정됨.

1943년 43세   계속 뉴욕에 체류 중인 상황에서 2월에 『어느 인질에게 보내는 편지*Lettre à un otage*』와 4월에 『어린 왕자*Le Petit Prince*』출간. 5월 미국을 떠나 알제에 도착. 훈련 실습을 받은 뒤, 모로코에서 2/33 중대와 결합. 8월 사고 후 나이가 많다는 이유로 〈명령 유보〉에 처함. 알제에서 겨울을 보내며 계속해서 『성채』집필.

1944년 44세   5회의 비행 임무만 허용된다는 조건으로 사르데뉴에 주둔 중인 2/33 중대 복귀를 허락받음. 7월 2/33 중대가 코르시카로 이동. 같은 달인 7월 31일 8시 30분, 이곳에서 자신의 마지막 정찰 임무를 위해 이륙. 복귀 예정 시각인 13시 30분, 생환하지 못함. 연료는 1시간 분량밖에 남지 않은 상황. 14시 30분, 생텍쥐페리 귀환 불가 최종 판정. 바스티아 북쪽 1백 킬로미터 부근 코르시카 해상에서 독일군 정찰기에 의해 격추되었을 것으로 추정.

옮긴이 **황현산** 1945년 전남 목포에서 태어나 고려대학교 불어불문학과를 졸업하고, 같은 대학 대학원에서 기욤 아폴리네르 연구로 문학 박사 학위를 받았다. 아폴리네르를 중심으로, 상징주의와 초현실주의로 대표되는 프랑스 현대시를 연구하는 가운데 〈시적인 것〉, 〈예술적인 것〉의 역사와 성질을 이해하는 일에 오래 천착했으며, 문학 비평가로도 활약했다. 번역과 관련된 여러 문제에도 특별한 관심을 지니고 이와 관련하여 여러 편의 글을 발표하였으며, 한국번역비평학회를 창립, 초대 회장을 맡았다. 고려대학교 불어불문학과 교수를 역임했다. 저서로는 『황현산의 사소한 부탁』, 『우물에서 하늘 보기』, 『밤이 선생이다』, 『잘 표현된 불행』, 『말과 시간의 깊이』, 『아폴리네르-《알코올》의 시 세계』, 『얼굴 없는 희망』 등이 있으며, 역서로는 로트레아몽의 『말도로르의 노래』, 샤를 보들레르의 『악의 꽃』, 『파리의 우울』, 아르튀르 랭보의 『지옥에서 보낸 한철』, 기욤 아폴리네르의 『알코올』, 앙드레 브르통의 『초현실주의 선언』, 드니 디드로의 『라모의 조카』, 스테판 말라르메의 『시집』 등이 있다. 2018년 타계했다.

어린 왕자

발행일	2015년 10월 20일 초판 1쇄
	2024년 5월 25일 초판 39쇄

지은이 앙투안 드 생텍쥐페리
옮긴이 황현산
발행인 홍예빈·홍유진
발행처 주식회사 열린책들

경기도 파주시 문발로 253 파주출판도시
전화 031-955-4000 팩스 031-955-4004
www.openbooks.co.kr

ISBN 978-89-329-1724-5 03860

이 도서의 국립중앙도서관 출판예정도서목록(CIP)은 서지정보유통지원시스템 홈페이지(http://seoji.nl.go.kr)와 국가자료공동목록시스템(http://www.nl.go.kr/kolisnet)에서 이용하실 수 있습니다.(CIP제어번호:CIP2015026723)